徳 間 文 庫

降 格 警 視

安 達 瑶

徳 間 書 店

目次

第一話　ツルは舞い降りた

　東京の東側、隅田川にほど近い下町の墨井署。その受付で、一騒動が起きていた。

「いやだから、生活安全課の人を出してよ！　この男を私人逮捕したんだから！」

　ゴネているのは頭髪が薄く額も広く、眼光鋭い初老の男だ。だが受付の警官は「またですか、榊さん？」とウンザリした表情を隠そうともしない。

　一方、榊と呼ばれた初老の男に拘束されている、こちらも初老の太った男は「離せ！　不当拘束だ、これは！」と暴れ、喚き散らしている。

「私は無理やりここまで連れて来られたんだ！　拉致だ、いや誘拐だこれは！」

　だが榊は、太って人相も悪いこの男の腕をがっちり掴んで離そうとしない。

　榊は白いカッターシャツをズボンにたくし入れているが、不当拘束されたと喚く男は制服のようなダークスーツを着ており、襟が赤い。

「離せ！　訴えてやる！」

「うるせえ！　てめえ悪党のくせにナニを言いやがる！」

制服姿のデブ男がさらに暴れて逃げようとしたので、榊と呼ばれた髪の薄い男は咄嗟にデブ男の腕を取り、体を入れ替えた。その瞬間、見事に背負い投げが決まり、デブ男の巨体は宙に舞った。

床に落下したデブ男は、そのまま動かなくなった。

「合気道と柔道でインターハイに出たおれをなめるな！」

髪の薄い榊がミエを切ったところに、どやどやと上階から階段を駆け下りてきた一団がある。墨井署生活安全課の刑事たちだ。

「榊さん！　またですか！」

うろたえて叫んだのは生活安全課係長の富田だ。

富田は困惑の表情も露わに、榊に懇願した。

「コトを荒立てないでくださいよ……困ります！」

「なにが困るんだ！　あんたは世の不正を見逃せって言うのか？」

「いやいや、悪いヤツを現行犯で捕まえてくれるのは有り難いんですが……そのヒト、そこの角にある郵便局の局長さんでしょう?」

その声に、床にノビていたデブ男がむくり、と起き上がった。

「いかにも。私は墨井東町郵便局の菅沼だ」

「いかんいかん。大丈夫ですか局長!」

生活安全課の面々はデブ男に駆け寄り、大丈夫ですか?　と介抱し始めた。

「鋼太郎(こうたろう)さん、いや榊さん……郵便局長を投げ飛ばしたり、無理やり警察に連れてきたり……一体、何やってるんですか!」

富田係長の詰問(きつもん)に、しかし榊鋼太郎と呼ばれた男は口答えした。

「遅いぞ!　生活安全課がようやく全員集合か。さっさと来ればこいつを投げ飛ばすこともなかったのに」

榊鋼太郎は墨井署の近くで整骨院を営(いとな)む男だ。合気道と柔道をやっていたと豪語するだけあって、上背と頭髪こそないものの、体格は意外にガッシリしていて強そうだ。眼光の鋭さからも、頑固な性格が窺(うかが)える。

「あのねえ鋼太郎さん、そもそも菅沼郵便局長が何をやったと言うんです?　痴漢ですか万引きですか?」

そこで起き上がった郵便局長が声を上げた。

「何を言う！　私はそんなことはしない！」

榊鋼太郎も負けずに声を張り上げる。

「痴漢でも万引きでもないが、もっと悪い事だ。こいつには以前から、切手を着服しているとの噂がある」

噂だけではね、という係長の言葉に「いやいやそれだけじゃない！」と鋼太郎は被せるように言い、糾弾を続けた。

「こいつは特定郵便局長の立場と郵便局の信用を悪用して、ロクでもない金融商品をウメさんに売りつけたんだ」

投機的で損をするのがほぼ確実な金融商品だぞ？　と鋼太郎は言った。

「絶対に元本割れしないとか、毎月数万の配当金だとか、まああ傍で聞いていれば見え透いた嘘八百を並べやがって。ウメさんがボケかけているのを良いことに……しかも二百万だぞ。年寄りの二百万円は老後の大切な資金じゃないか！」

あんまり気の毒だから、ウメさんの代わりにおれは郵便局に抗議することにした。するとと今度は、と鋼太郎は続けた。

「こいつが若い局員を摑まえてネチネチネチネチネチといびりまくってるじゃないか。切手の件をマスコミにチクったのはお前だろうとか、この裏切り者とか……切手はこいつが着服したのに決まってるんだよ！」

こいつは普段から局員に暴言を吐きパワハラしまくる乱暴狼藉(らんぼうろうぜき)の常習犯だ。目に余るので、とうとう堪忍袋(かんにんぶくろ)の緒(お)が切れた、と鋼太郎は宣言した。

「実力行使やむなしだ。さあ、こいつを逮捕しろ！」

大声で叫ぶ榊鋼太郎に、しかし富田係長は難しい顔で告げた。

「いや榊さん、それは無理ですよ」

「何故だ？　パワハラの証拠はあるぞ。おれが証言する！」

「いいですか榊さん」

富田係長は、噛んで含めるように鋼太郎を諭(さと)しにかかった。

「私人逮捕は『現行犯』と『準現行犯』にのみ適用されるものです。しかし、今おっしゃった罪状は、郵便局の中で行われたことですよね？」

いかにも、と鋼太郎は頷(うなず)いた。

「逮捕状がない現行犯逮捕が可能なのは、犯罪、および犯人の明白性が高いこと、そして逮捕の必要性・緊急性がある場合だけです。これはまあ早い話が、目の前で誰かが殺されたとか、殴られたとかモノを盗んだとか、そういう事です。榊さんが今言われた事案、すなわち横領とか金融商品の不正販売とかパワハラは、それに該当しないんじゃないかと。榊さん、あなたは局長が高飛びしようとしたところを捕まえたんじゃないし、切手を盗んだ瞬間を見たわけでもないんですよね？」

「いや、でも私の知人の若い女の子、ウメさんの孫娘だが、その子がウメさんの投資信託について問い合わせるのに、私は同行したんだ。どう見ても不正販売だし、このデブ局長はあろうことか、相談に来た孫娘にまでブスだの馬鹿だの暴言をさんざん吐きまくったんだよ！」

鋼太郎は怖い顔で腕を組んだ。

「こんな外道(げどう)を逮捕せずして、一体誰を捕まえるんだ？」

「あのねえ、警察としては裏取りナシの捜査ナシで逮捕状なんて請求できませんよ」

「しかしパワハラだぞ？　ブス呼ばわりはセクハラだろうが？」

「ですからハラスメントにしても被害届がないと……警察が勝手に捜査する案件ではないんですよ」

「その通りです」

菅沼局長を介抱していた生活安全課の別の刑事も口を挟んだ。

「それにね、準現行犯とするのも無理です。もっと言えば」

と、その刑事は立ち上がって鋼太郎に近寄ると声を潜めた。

「榊さんも御存知と思いますが、あの菅沼局長は、昔からこの通りなんですよ。それに郵便局内の不正は、日本郵便からの訴えがないと動けません。暴言のタグイに関しても、あの人は菅沼区議会議長のイトコだとか、まあ、いろいろあって……」

「なんだと？」

榊鋼太郎はその言葉にさらに怒りを加速させた。

「忖度（そんたく）しろと言うのか？　つまり、この墨井区では、区議会の偉いさんの親戚なら、善良な区民を騙（だま）して儲けようが暴言を吐こうが、すべて許されるって事なんだな！」

「そうは言ってません。しかし今聞いた案件は、繰り返しますがすべて捜査が必要で、現行犯逮捕には馴染（なじ）まないと……」

「あんたらがそんなヌルいことばかり言ってるから、このデブがのさばるんだ！」

鋼太郎は大きな声を出した。

「いやいや榊さん、その言い方ではデブがみんな悪党みたいに聞こえる」

妙なところに拘る富田係長。

「それがどうした？　デブだろうがガリだろうが悪いことは悪いことだ。墨井署は犯人の地位が高いと手加減するのか？　それじゃあどこかの独裁国家と同じだろ！」

いやいや、と富田係長は曖昧な笑いを浮かべ、あくまで誤魔化そうとする。

「まあまあお平に。そうコトを荒立てないで……しかし榊さん、アナタだって、この区に長く住んでるんだから、その辺の空気を読みなさいよ」

「おいおい、あんたまで何を言い出すんだ……いやしかし、あんたらはとことん腐ってるね。想像以上だ」

榊鋼太郎は大袈裟に天を仰いだ。

「マトモな警察官はいないのか！」

と、その時。エレベーターが開いて、見慣れない若い男が颯爽と登場した。すらりとした長身にぴったりフィットした、いかにも仕立てのよさそうな高級スーツ。濃紺の生地に映える純白の、糊の利いたワイシャツ。胸元にはブランドロゴをさりげなくあしらったネクタイ。七三に分けた髪。身だしなみと肌つやの良さ、そして理知的で涼しげな顔立ちは、まさに絵に描いたようなエリートと言えた。

そんな男が出てきたエレベーターは、その瞬間、まさにテレビのバラエティ番組で大物ゲストが登場する扉と言えた。スポットライトに照らされているかのようだ。

この若い男の登場に、富田係長の態度も豹変した。

「これはこれは錦戸課長！」

ぺこぺこと頭を下げ、今にも土下座しそうな勢いに、鋼太郎も驚いた。

「課長？　生活安全課の課長は、もっとオッサンの、冴えない定年寸前の、一ノ瀬ってヤツじゃなかったか？」

「いえいえ。先日の人事異動で一ノ瀬課長は他の署に異動しました。その後任がこちらの」

富田係長がいそいそと紹介しようとするのを遮って、若い男がにこやかに言った。

「初めまして。墨井署生活安全課課長、警部の錦戸准です」

見てくれだけは申し分ない男だ、と鋼太郎も思った。エリート臭フンプンなだけに情には欠けるかもしれないが、エリートなら馬鹿ではないだろう。馬鹿ではないなら、きちんと理詰めで話せば判ってくれる筈だ。

「そうか。あんたが責任者か。前の課長は事なかれ主義でいつも逃げ腰のヘタレ野郎だったが、あんたなら判ってくれそうだ。まあ話を聞いてくれ」

「あ、それは結構」

錦戸課長は手でストップのサインを出した。

「榊さん。あなたの声は大きいので、上の階の生活安全課の中までワンワン響いていましたよ。事情は把握しています」

「ならば錦戸課長、この件は……」

富田係長はようやく立ち上がった菅沼を横目で見ながら、若い上司に、あからさまに目配せした。この面倒な男、つまり「私人逮捕を趣味とする」榊鋼太郎には取り合うなと言いたいのだ。果たして。

「判りました」

と錦戸課長がアッサリ頷いたので、鋼太郎はひどく落胆した。駄目だ。墨井署には事なかれ主義が蔓延している。もはや、マトモな意見は通らないのか……。

「確かに、この件は逮捕相当でしょう」

その発言に、全員が驚愕した。富田係長はあんぐり口を開け、鋼太郎も一瞬訳が判らず、私人逮捕された菅沼に至っては驚きすぎて、再び腰を抜かしてしまった。

「榊さんでしたっけ？　被疑者の犯行を証明できるものはありますか？」

錦戸はそう訊いてきた。

「待ってました！　なにか証拠がないといかんと思って、この男の暴言を録音してあります」

鋼太郎はスマホで録音した菅沼郵便局長の暴言を再生した。

このバカブスが、生意気な小娘が、ボケババアの言うことを真に受けやがって！　……などなど、聞くにたえない悪口雑言が署内に流れ、錦戸はこくこくと小刻みに頷いた。

「なるほど、これはひどい。暴言は暴力と認定されます。さらに、さっきの富田係長の口ぶりでは、被疑者の違法行為は常態化しており、それを周囲は知っていて黙認していたことになります。とりあえず、現行犯逮捕を認めましょう」

その言葉に、生活安全課の刑事たちは態度を一変させて菅沼を取り囲むと一斉に腕を取り、背中を押すなどしてエレベーターに押し込み、そのまま連行してしまった……。

「……って、ことなんだ」

満面の笑みを浮かべてトクトクと話し終わった榊鋼太郎は、ビールを美味そうに飲み干し、カウンター越しに空のコップを突き出した。

「大将、サッポロの赤星、お代わり！」

ここは鋼太郎行きつけの居酒屋クスノキ。大将・楠木太一は鋼太郎の幼馴染みだ。

「たしかに、あの菅沼って奴はいけすかない野郎だ。鋼太郎さん、あんたよくやったよ。生安の新しい課長がスジを通すやつでよかったな」

大将にそう褒められて、鋼太郎はいっそう気分を良くした。

「いいこと言うねえ。じゃあ、ベーコン餅巻き、ベーコンミニトマト巻き、ネギ詰めちくわの串焼き、頼むね！」

ったく手間のかかるメニューばっかりだな、と言いながら、大将は焼き場に立った。

「そういや、そのエリートだっていう新任の課長、なにかやらかして左遷されてきたらしいぜ」

大将は串焼きを引っくり返しながら言った。居酒屋は理髪店と並んで、昔から地域の情報が集まる場所だ。客が喋っていることはだいたい大将の耳に入る。

「その課長、若くてイケメンで、エリート臭フンプンなんだろ」

「そうだよ。だから最初は前任者より話が通じない奴かと思ってガッカリしたんだ」

「そいつ、前は警察庁にいたってよ。警視庁じゃなく、警察庁な。高級官僚だ。つまり『キャリア』ってやつだな。エリートで若くして警視になったらしい」

「警視と言えばオメエ、この辺の署なら署長じゃねえか」

「そうだよ。それが、生活安全課の課長で、しかも警部なんだろ？　降格じゃねえか。階級下げられて、しかも所轄の、署長じゃなくて課長ってのは、あきらかに……」

その時。ガラガラと扉を開けて縄のれんを潜って入ってきた客がいた。その男は、カウンターに陣取っている鋼太郎を見て驚いた様子になった。

鋼太郎も驚いた。噂をすればカゲというが、まさにその男が「エリート臭フンプン」の、墨井署生活安全課課長である錦戸だったからだ。

貴公子と呼びたくなるほどのスマートな体型と身のこなし。クールな風貌にスポットライトが当たったかのように見えるのも昼間と同じだ。喧噪に満ちて雑駁な、この安い居酒屋には明らかに場違いだ。

掃きだめにツルか、と内心思いながら鋼太郎は声をかけた。

「おお警部殿！　警部殿も、こういう汚い店に来るのでありますか？」

「汚い店は余計だ」

大将が怒る。

「いや、警部殿ならたとえば、静かにピアノが鳴ってるバーであるとか、夜景が美しい高級ホテルのラウンジってなところがお似合いだと思ったもので」

「いえいえ、そんな店、行ったことないです。警察は安月給なんですよ」

錦戸は軽く否定して鋼太郎の隣に腰を下ろした。

「警部殿、いや錦戸課長、今日はいろいろと有り難うございました。あの郵便局長の横暴には、以前から住民として腹に据えかねていたんです」

鋼太郎はコップを取ってきて錦戸の前に置き、自分の瓶からビールを注いでやった。

「まずは一献」

鋼太郎は殆ど無理やりに自分のコップを錦戸のコップにカチンと合わせて、ぐいと飲み干した。しかし錦戸は自分の前に置かれたビールを困惑した表情で見るだけで、手も触れない。

「あれ？　ビール嫌い？　お酒飲めなかったりして？」

「国家公務員倫理法というものがありまして。国家公務員が利害関係者から金品や供応(きょうおう)

などの利益を受けることは厳しく規制されています。私の今の身分は地方公務員ですが、国家公務員に準じて、同様の規制が該当します」

「え？　俺の酒が飲めねえってのか。いいじゃないかビールくらい」

鋼太郎はムッとして言った。

「榊さん、判ってないようですが、あなたは本日発生した逮捕事案における、まさに利害関係者なんですよ」

そう言った錦戸は、榊を見据えた。

「そして、利害関係者からの供応は厳に戒められています。コーヒー一杯、ビール一杯たりともです。あなたは良くても私は服務規程違反になってしまう。ビール一杯で、あなたは私の人生を狂わせる気ですか！」

そう言われた鋼太郎は仕方なく錦戸の前に置いたコップを摑み、中のビールを一気飲みした。

「これでいいだろ」

「結構です」

錦戸は軽く頭を下げた。

「ところで、菅沼健太郎の件ですが」

錦戸は静かに切り出した。

「あれから墨井東町郵便局に行って、関係者に聴取しました。彼らの証言はだいたい榊さん、あなたの言った通りだったので、パワハラを受けたという局員には心療内科の診断書を取るように言いました。適応障害か何かの病名が付けば、暴行傷害で逮捕状が取れます。さらに切手の横領、及び金融商品の不正販売についても家宅捜索をした上で書類を押収、裏付け捜査を進めて、近々再逮捕します」

錦戸は端整な顔を引き締めつつ鋼太郎に告げた。

「ありがたいね。前任の一ノ瀬はのらりくらりで全然取り合ってくれなかったから、本当に助かる」

鋼太郎はまたコップを突き出して乾杯しようとしたが、錦戸の前には何もないのでその手は空を切った。

「いえね。こういう下町は人情豊かだと言われるのはうれしいけれど、その分、シガラミとか、カオを立てる立てないの古いナニも蔓延(はびこ)ってるンでね。だから錦戸さんのような、若いエリートさんが来てくれて、住民としちゃ本当に有り難いですよ」

「有り難い、と言われるのは、おかしな事ですよね」

錦戸はお通しの筑前煮に箸をつけると、そう言った。

「どうして？　一般市民の素朴な感情を言ったんですが？」

「我々警察官の仕事は市民の生活の安全を守り、法に反する行為を許さないことです。その職責を果たしているだけなのだから、有り難がられるのはおかしいでしょう？」

錦戸はなおも続ける。

「職務を全うしているだけなのだから、感謝されたりビールを奢られたりするのは服務規程の是非を問う以前に、本来、筋が通らないことです」

「ははあ。錦戸さんはあのタイプですな」

なるほど、そうきたか、と思いつつ鋼太郎はニヤッとして言った。

「あのタイプ、といいますと？」

クールに首を傾げつつ錦戸が訊く。

「よく言えば筋を通す理論派。悪く言えば、屁理屈野郎ってこってすよ」

言ってしまったが一応、「知らんけど」と下手な大阪弁でフォローしておく。

「屁理屈？　いや、警察官は法に基づいて行動するものである以上、法律に従う、すなわち筋を通す事が本来必然なのです。それを屁理屈などと言われることがそもそもおかしい。論理的なやりとりが好まれない日本人特有の感性なのでしょう。理詰めで話すだけで、やれ情が薄いとか、人情の機微が判っていないなどと非難される始末」

「いや、これでよく判りましたよ、あなたという人が」

鋼太郎は思わず言ってしまった。

「何が判ったんです？」

「錦戸さんが警察庁から警視庁を経由して、所轄署の課長に左遷されてる理由です」

その瞬間、錦戸は「いやいやいやいやいや」と激しく首を横に振った。

「それは誤解です。確かに私の前職は警察庁官房参事官付きではありましたが、所轄署に飛ばされ……いや来たからといって、それは左遷ではありません。それに、警察庁の人間としては、地方の警察に出るのも日常茶飯事です」

「日常茶飯？　降格も？　あんた、警視から警部になったって」

錦戸は固まった。まさにフリーズして表情も動きも凝固してしまった。

「……それ、誰から聞いたんですか？」

しばしあってようやく、錦戸は言葉を発した。

「おい大将。誰に聞いたの？」

鋼太郎は大将を盾にした。

「いや……ウチに来たお客がそう言ってたから」

「この店には、警察人事に詳しい重要人物が出入りするんですか！」

「いや、そういうわけじゃ……あたしだってお客の氏素性肩書きを全部知ってるわけじゃない。履歴書と交換にお酒を出してるわけじゃないからね」

「では、そういう個人情報はみだりに口外しない方が宜しい。最悪、名誉毀損で訴えられる可能性だってありますからね」

錦戸は淡々とした口調で言った。

「それじゃ、降格ってのはデマなんですか？」

あくまでその件に拘る鋼太郎を、錦戸は正面から睨みつけた。イケメ(ン)だけあって、その視線は液体窒素級の冷たさだ。

「いいですか。名誉毀損に関しては、事実を述べた場合でも名誉毀損になる事があります。頭髪の薄い人に向かってハゲと言えば立派に名誉毀損が成立するのです」

「じゃあ、降格はデマではないと言うことですな？」

「アナタも拘りますね。ノーコメントです、この件については」

錦戸は言い切った。

「……降格されたんだな」

鋼太郎は大将に囁いた……つもりだったが、店がやかましいのでそれなりに声を張ってしまった。

「聞こえてます」

錦戸は無表情だ。

「仮に私が降格され左遷された結果、墨井署に赴任したのだとしても、警察官としての私の仕事にはいささかの影響もありません。これは言っておきます」

「いやまったく、頼もしいねえ！」

「うん、実に頼もしい」

そう言った瞬間、鋼太郎は、大将と顔を見合わせた。

「頼もしい、というのも正しくないのかな？」

「それは私への期待の言葉ですから、差し支えないと思います」

錦戸は口許（くちもと）を曲げた。どうやら微笑したらしい。

ようやく友好的雰囲気が多少出たことに、鋼太郎と大将はホッとした。

「警部殿は、こういうお店にはよく来るんですか？　いわば……民情視察として」

鋼太郎はついつい余計な言葉を付け足してしまう。

「先ほども言いましたが、正直言って警察官は安月給ですから、こういうコストパフォーマンスのいいお店は重宝しています。そして、私も、自らを律しつつ、お酒は嗜みますので」

「そうですか。では改めて」

と言っても、錦戸の前には酒はない。またしても鋼太郎はビールの入ったコップを空中に掲げ、一人飲み干した。

「まあ、たしかに、錦戸さんの言うとおりだ。人間、情に流されると、どうしたって忖度やら配慮やらしてしまって、マトモな仕事が出来なくなる。だから錦戸さんの、筋を通すハードボイルドっぷりは貴重ですよ。誰もが出来ることではないです」

「そうですよ。こいつの言うとおりです」

鋼太郎と大将は、一緒になって錦戸を褒めあげた。

「そうですか。それでは皆さんのご期待に添えるよう頑張りますよ。こちらこそよろしくです」

ようやく普通の会話が成立し、大将は錦戸に水の入ったコップを渡して、三人は遅まきながら、形ばかりの乾杯をした。

「まあね、この辺は年寄りが多いから、そんなに犯罪は多くないんだけどね、自転車を盗まれるとか、店先の商品が盗られるとか、最近では女性のアパートの覗きとか盗撮とか、そういうのが多いようだね」

鋼太郎は、警察のエラい人と話ができるという嬉しさでつい饒舌(じょうぜつ)になった。が。

「それはみんな微罪ですね。軽犯罪のタグイばかりで……私はもっとこの地域に巣食う、根源的な……」

「だけどアンタ、アンタは生活安全課の課長だろ?」

すぐにムッとする「瞬間湯沸かし器」な鋼太郎は、錦戸が言い終わらないうちに反撃を開始した。

「生活安全課はまさに、そういう軽犯罪やら微罪やらを扱うんじゃないの? コロシとかヤクザとか詐欺(さぎ)とかそういうのは刑事課でしょ? 轢(ひ)き逃げやら危険運転致死は交通課だし」

正論をぶちかましてやった、と鋼太郎はドヤ顔でコップのビールを飲み干したが、錦戸は面白くなさそうだ。だが正論なので咄嗟に反論出来ない。

いきなり勢いよく立ち上がった錦戸は、そのまま帰るのか、と思いきや、カウンターから離れたテーブル席に移動した。そこで一人でちびちびとコップの水を飲み始めた。

「おい……あれ、いいのか？」

調理場から大将が錦戸に顎をしゃくったが、鋼太郎は手を顔の前で振った。

「いいのいいの。いちいちお子様の相手はしてらんねえよ」

「だけどあれは、モロに、拗ねたガキだぜ」

テーブルに移った錦戸は「ビールに湯豆腐ください！　瓶じゃなくて生ね！」と声を上げた。

そこに、若い女性の二人連れが暖簾をくぐり、店に入ってきた。一人は小顔でキリッと整った顔立ちの、なかなかの美形だ。スタイルもいい。モデルのような体型を、シンプルなTシャツとミニスカートが引き立てている。もう一人はぽっちゃり系で、ファッションもおとなしめだが、それなりに可愛い。

冷静沈着、本能を抑制して理詰めで生きているような錦戸も、一気に華やいだ店の雰囲気に呑まれたように、若い女性二人を注視している。

彼女たちは躊躇(ちゅうちょ)なく鋼太郎の隣に座って談笑し始めた。

「先生こんばんは。あ、ここよかった？」

美形のほうが鋼太郎に訊く。

「いいよ小牧(こまき)ちゃん。飲めよ。奢るよ。そっちの彼女もどうぞ」

「いいの？　じゃあジムビームのハイボール！　利根(とね)ちゃんは？」

小牧ちゃんと呼ばれた美女は、連れの若い女性に聞いた。

「あたしも……同じものでいい」

「はいジムビームのハイボール二つね！」

鋼太郎がツマミを適当に見つくろって注文してやったり、仲よさそうにしているのを、
錦戸は嫉妬するような関係を探るような、鋭い視線で睨み付けている。

「そういやさあ、利根ちゃんが最近困ってるんだよね？　あ、こちら私の高校時代からの友達の利根ちゃん」

小牧ちゃんは、ぽっちゃり系のツレを紹介した。小牧ちゃんとはタイプが正反対の、おとなしそうでどんくさそうな利根ちゃんは、デニムにチェックのシャツという地味なファ

ッションだ。

「そうなんですよ。あたしの職場なんですけど、補充しても補充してもトイレットペーパーがすぐになくなるんです。誰かが盗んでるんじゃないかって」

「あ、利根ちゃんは、この先のマケスで働いてるんだけど」

小牧ちゃんが補足し、利根ちゃんが話を続ける。

「あたし、施設全体の管理担当で、このところ『紙がないよ！』って館内電話で叱られて始終飛んでいくんです。一日六回も点検して、個室には予備のロールも積んでおくのに、すぐになくなって、またクレームが。これ、絶対誰かが盗んでるんですよね？」

「施設のトイレ全部から紙が消えるのか？」

訳が判らないという顔で鋼太郎が訊く。

「ええと、そういうわけではなくて、なくなるところは決まっているんです。マケスの二階の、ハジマ電機の横の、男子トイレ。いつもそこです」

「監視カメラは観てみたの？」

「観ました。それで、判ったことがあります」

と、利根ちゃん。

「ある男の人が来るたびになくなるんです」

「盗っ人が特定出来てるってコト?」

鋼太郎が訊き、ハイと頷く利根ちゃん。小牧ちゃんが言う。

「だったら話は簡単じゃん。カメラをずっと観てて、そいつが来たらとっ捕まえちゃいなよ」

「でも、上司は穏便にって言うだけだし、あたし一人じゃ怖いし……」

トイレットペーパーくらいと思わないこともないし、と利根ちゃんは逡巡している。

「でもコロナの流行が始まった時、トイレットペーパーが品薄になりましたよね? その時はもう、それこそ盛大に盗まれたんです」

これからだっていつ、そういうことになるか判らないし、と利根ちゃんは言う。

「だから、こういう事はきちんとケジメをつけたほうがいいと思うんです。けど、やっぱり相手は男の人だし、あたし一人じゃ、声をかけようにも」

鋼太郎は、二人の女の子を見比べて、ははん、と頷いた。

「つまりは、お節介なこのおれに、なんとかして欲しいってことか?」

ええまあ、と利根ちゃんは申し訳なさそうに頷き、小牧ちゃんは「さすが先生、話が早い！」と喜んだ。

「で、どんなヤツだ、そいつは？」

「ちょっと年配で六十くらいで、身長は……一七〇、くらいかな。ほら、区役所の窓口によくいるおじさんみたいな感じで、髪は薄くて……そうそう、右目の下に大きなホクロがある！」

「それ、ウチの署長ですよ！」

そう叫んでガタンと椅子を倒して立ち上がったのは、錦戸だった。

「右目の下にホクロがあって、左耳から長い耳毛が伸びていて、眉毛がゲジゲジで無駄に伸びていて……」

「その通り！　ウチの署長って、あなた、お巡りさんなんですか？」

ぽっちゃり系の利根ちゃんが錦戸を見てびっくりしている。

「とっても……イケメンのお巡りさん」

そこで若い女性二人の注目の的となった錦戸が鋼太郎に訊いた。

「ところで榊さん。あなたと、この女性たちとは……どういう？」

極めて疑わしそうな口調だ。

「まさかアナタ、いわゆる『パパ活』などではないでしょうね？　生活安全課としては見過ごしにできませんよ」

違う違う、と鋼太郎は手を大きく振った。

「私は、この近所で整骨院をやっていてね。この小牧ちゃん、小牧果那ちゃんに、受付として働いて貰ってるんだ」

「初めましてェ！　小牧果那で～す」

と小顔の美女がすかさず錦戸にアピールする。

「こちらこそ、初めまして。墨井署生活安全課の錦戸です」

にこにこと自己紹介するイケメン警部に鋼太郎はクギを刺した。

「小牧ちゃんはこう見えて元ヤンだからね。甘く見ちゃダメだよ。チンピラなんか簡単にノシちゃうんだから」

鋼太郎はそう言ってニヤッとした。

「錦戸さん。たぶんアンタは、私みたいな冴えないおっさんは若い女の子に縁がないはずなのに、両手に花とはどういうことだと疑ってたんだろ。このおっさんは、きっと何かいかがわしいことをしているのに違いないと」

鋼太郎にズバリ言われた錦戸はイエイエとんでもない、と否定した。

「私には本当に他意はありませんから。ありませんとも！」

錦戸は咳払いをして話題を変えた。

「話を戻しましょう。ウチの署長……警視庁墨井署の、内山署長がトイレットペーパーを……ええと、どこでしたっけ？　マケス？　マケスって？」

「墨井マーケットストリート、略してマケス」

小牧ちゃんが暗唱（あんしょう）するように言い、鋼太郎が錦戸に説明してやった。

「駅前から少し行ったところにあるでしょ？　ショッピングモール。あそこには以前、大きな紡績工場があったんだが移転してね。開発計画が決定するまでの場つなぎに、安い資材でショッピングモールを建てたら妙に人気スポットになってな。下町のオシャレタウンとかって」

だがそんな鋼太郎の話には誰も興味を持たず、錦戸のテーブルに小牧たちが集まり、この店のバイトの女の子たち三人も寄ってきた。お運びの高校生女子三人は、この店の名物トリオだ。

「そいつ……そのトイレットペーパー泥棒？　そのおっさんなら、マケスじゃないところでも見たことがある！」

　トリオの一人である純子が声を上げた。

「女子高生に脅されてたの、見たことあるよ！　おっさん、めっちゃキョドってて、ちょっと可哀想だった」

　女子高生トリオの中で一番ケバい純子が、その時の様子を思い出して語る。

「敷舟駅前のハンバーガー屋で、アタマめっちゃ金髪の女子高生と、その彼氏みたいなのにペコペコして、そのおっさん、滝汗流してたんだよね」

　ああ、あのおっさん、とトリオでは一番おとなしめタイプのかおりも頷いた。

「純子と一緒にバーガー食べてた時に私も見ました。たしかに大人のヒトが、ウチらみたいな女子高生にペコペコしてるのはすごくヘンだった」

　そうそうヘンだったよね、と純子。

「金髪女子高生が、おっさん何見てんだよ？　って因縁付けてて。その子がまたケバいの。制服キャバかよ？　みたいなありえないスカートの短さで、ド派手なメイクで」

　付けまつげバサバサで、まばたきしたら風が起きそうだった、と純子は言った。

「その彼氏？　もいかにもで。耳にピアスぎっしり、鼻ピアスまでしてて、首にもタトゥーが入ってて。でも、イキってるわりには猫背で貧乏揺すりがひどくて、首ん所がでろんと伸びたTシャツ着て、ひたすらおっさんにガンつけてる、みたいな」

　それを聞いた錦戸が身を乗り出した。

「その彼氏とやらは顔色が悪くて痩せていて、首のタトゥーはトライバル柄、というか、渦巻きみたいな模様ではなかったですか？」

「あ、それそれ」

　純子が驚きの声を上げた。

「なんで知ってるんですか？」

「いえ、私も警察官なので、そこはいろいろ」

　錦戸は不自然に言葉を濁した。

「いや、パツキン女子高生と半グレ彼氏はともかく、あのおっさん、一体なにやったんだろうね？」

「そりゃあれでしょ、パパ活とか盗撮とか？」

　純子とかおりの言いたい放題を、錦戸は止めた。

「ちょっと待ってください。それ、本当にウチの署長ですか？」

「だと思います。ウチら、そのおっさんがよく見える場所に座ってたから。六〇くらいで、ボンヤリしてる感じで髪が薄くて、右目の下に大きなホクロがあって、左耳から長い耳毛が伸びていて、眉毛もゲジゲジで無駄に伸びていて……でしょ？」

「そう。そういうおっさん」

純子とかおりは調書に署名するような真面目な顔で頷いた。

「私はその場にいなかったから判りませんけど……」

見るからに真面目なメガネ女子・瑞穂(みずほ)も考え深そうに断言した。

「純子もかおりも、こういう事でウソを言う子じゃないです」

「しかし、ウチの署長がどうして……」

錦戸は考え込んでいる。

「おっさん、ひたすら低姿勢でいまにも土下座しそうだったけど、どうして反撃しなかったのかな？　弱味でも握られてたのかな」

「それはほら、警察署長だって身バレしてて、それが弱味だとか？」

「じゃあマジにパパ活か、盗撮やってたってこと？」

「彼氏がいたって事は、美人局に引っかかったんじゃないの？」

「君たち、女子高生なのに、ツツモタセなんて言葉を知ってるんだ」

　驚く錦戸に純子が言った。

「金髪のコが着ていた緑色の制服は、隣の淑女女子高。あそこ、この辺じゃ底辺校で有名なんだよね」

「私はその金髪のケバい子、たぶん別の場所で見たことがある」

　真面目なメガネ女子・瑞穂が手を上げた。

「あの子、結構有名ですよね。淑女女子って偏差値低いけど、生徒がみんなワルってわけじゃない。あの子が突出してるってだけ」

「ええと、皆さんの話を総合すると、要するにウチの署長がトイレットペーパーを盗んでいる上に、非行に走っているらしい女子高生とその彼氏に何らかの接点があって、どうやら脅迫されているようだ、ということですね？」

　錦戸がまとめ、三人組に訊いた。

「ところで、君たちはアルバイトですか？」

「ええまあ。仲よし女子高生で～す」

　女子高生かぁ、と錦戸はなぜかうれしそうだ。

「でも君たち、高校生が居酒屋でアルバイトするのはいけないんじゃないのかな？」

「それはこの際、関係ないんじゃないでしょうか」

真面目な瑞穂が冷静に反論した。

「問題は私たちのバイトではなく、おたくの署長だと思います。レッキとした警察署長が、ワルの女子高生に脅されてるっていうのは、大変な異常事態ですよね？」

そりゃそうだ、と錦戸を除く全員が唱和した。

「それをナントカするのが先では？」

「瑞穂っちの言うとおりだよ！」

「そうそう。署長情けなくないっすか？」

純子もかおりも口々に賛同する。

鋼太郎も口を出した。

「一応あんたの上司なんだし、表沙汰になって困ったことになる前に、錦戸さん、あんたが調べた方がいいんじゃないのか？」

「そうですね」

乗り気ではないのがアリアリの錦戸は、渋々という感じで同意した。

「しかし……警察というのはいろいろと面倒なところで……私のようなぺーぺーが、署長について調べるというのは、ちょっと……ましてや私は監察でもないのに」

「いやいや。ここで手柄を立てればエリートであるアンタは本庁に返り咲けるんじゃないの？」

鋼太郎がそう言うと、錦戸は「ふうむ」と呟いて顎に手を当てた。

「たしかに……ここで署長の弱味を握れば……いや、そうじゃない。綱紀粛正(こうきしゅくせい)に貢献し、不祥事を未然に防いだということになれば……いやしかし」

「あんた今、監察って言ったけど、警察にはそういう部署、あるんだよね？」

鋼太郎が思い出したように言った。

「内部監察がどうとかいうドラマ、見たことあるぞ」

「あるにはありますが……困ったな」

「なんだよ、弱気だな！　あんたはキャリアのエリートで筋がいい人じゃないか。こんな場末の小さな署、恐るるに足らずだ。どかーんとぶちかましてやればいいじゃないですか！　嵐を起こしなさいよ！」

「そうだ！　警察内部に巣食う膿(うみ)を絞り出して手柄を立てて、本庁に返り咲けばいいんだよ！」

民間人の鋼太郎と居酒屋の大将が好き勝手言う中、錦戸は黙って生ビールを舐めるようにゆっくり飲み、表向き、湯豆腐の豆腐を箸でつまむ仕草に熱中していた。

＊

翌日。

昼の一二時になり、午前の部の営業を終えた整骨院を閉めた鋼太郎が、メシに行こうかと小牧ちゃんに声をかけたところに、錦戸がやって来た。

「午前の診療は終わりですよ」

「錦戸です。治療に来たのではありません。昨夜の件でお話があります」

有無を言わせない調子で整骨院に入ってきた錦戸が、待合室のベンチに居座ったので、鋼太郎は困惑した。

「お昼なんで、これからメシにしようと思ってたんだけど……」

「あ、どうぞお構いなく」

「いやいや、そういうことじゃなくて……」

この男にはハッキリ言わないと通じないのか、と悟った鋼太郎は、錦戸に言った。

「警察のヒトは仕事の都合でメシの時間は自由なのかもしれませんが、こっちは時間が決まっているんですよ。そこのラーメン屋で、食べながらでどうですか？」

「内密なハナシなんです。ラーメン屋だと誰が聞いてるか判りませんので」

「小牧ちゃん、出前取って」

面倒になった鋼太郎は小牧ちゃんに頼んだ。

「おれカツ丼。小牧ちゃんは食べに出ていいよ」

「アタシも錦戸さんの話を聞きたいので出前にします。天ざるの上ね」

出前を取ると鋼太郎の払いになる。小牧ちゃんはチャッカリしているのだ。しかしそれだけではない。彼女は、いや小牧ちゃんだけではない、女子高生トリオまでが、どうやらイケメン錦戸をアイドルみたいに思っているフシがある。

「というわけで店屋物を取りますが、警部殿はどうしますか？」

「私は空腹ではないので、結構です。どうぞ食べてください」

そうは言ってもとさらに勧めてはみたが、錦戸は言い出したら譲らないというか、食べない人の前では食事しづらいという常識にも配慮しない性格なのが薄々判ってきたので、鋼太郎も割り切ることにした。

こうなったら、彼の目の前で堂々と食事をしてやろう。

「しかし、刑事さんの前でカツ丼を食べるってのは……自供（オチる）寸前の犯人みたいですなあ」

届いたカツ丼のフタを開け、タクワンをポリポリ噛み砕きながら、何も食べない錦戸に鋼太郎は言ってみた。

「例のコントですね。人情刑事がカツ丼を被疑者に与えて自供に持ち込む、という。元になった刑事ドラマですが、あれは正しくはありません」

錦戸は知識を滔々（とうとう）と披露し始めた。

「取調室のカツ丼は無料ではありませんし、取調室で食事を与えることもありません。万が一、例外的に、取り調べが難航して食事休憩も惜しいと判断して出前を取っても、公費負担ではありません。刑事の自腹か、食べる被疑者が代金を支払います」

そうですかと鋼太郎は、何も口にしない錦戸を半ば無視して味噌汁をすすり、カツ丼をかき込んだ。

小牧ちゃんは最初からマイペースで天ざるを食べている。

「私が調べたところ、ウチの内山署長はキャリアなんです。一応ね」

錦戸はメモを参照した。

「内山真一郎、五九歳。埼玉県旧大宮市出身。東京大学法学部卒。旧国家公務員上級甲種試験合格後、警察庁入庁。つまりバリバリのキャリアです」

「そんなキャリアで五九歳だったら、普通なら県警本部長とか、本庁のお偉いさんに出世してるんじゃないの？」

「普通はそうです」

錦戸は頷いて、鋼太郎がカツ丼を頬張るのをじっと見つめた。食べづらいことはなはだしい。なんだか味も判らなくなってきた。

「やっぱり……警部殿もなにか取った方が良くないですか？」

「結構です。話を続けましょう」

そこで錦戸のお腹が鳴った。鋼太郎は小牧ちゃんを見たが彼女は首を横に振った。無視しろ、との合図だ。

武士は食わねどか、と鋼太郎は思った。

素知らぬ顔で、錦戸はメモを見ている。

「つまり、キャリア的には最初から出世を約束されたようなヒトなのですが、ハッキリ言って内山署長は、警察官としても管理職としても、箸にも棒にもかからない能力の持ち主です。どうせなら他の省庁に行くべきでした」

「あんた、それを言っちゃあオシマイよ、だろ。それ」

錦戸の歯に衣着せぬ言い方に、鋼太郎は思わず引いた。

「そうかもしれません。しかし内山署長はこれまで大した事件のない、地方の小さな署の課長や署長を歴任して、今は定年を待つだけの存在なのです。聞くところによると、この墨井署も、まさにそういうところなんだそうで」

「まあ、このへんは平和なモンだからね。コロシなんかもう何年も起きていないし」

「そして内山署長は来年が定年です。それまでは何事も起きないよう、冬眠する熊というか完全に守りの態勢というか、逃げ切る態勢に入っていると言っていいでしょう」

そこで、おかしいんじゃない？　と小牧ちゃんが口を挟んだ。

「そんな、逃げ切りの態勢に入っているヒトがトイレットペーパーを盗む？　女子高生に脅されるようなことをしますか？」

そこですと錦戸は大きく頷いた。

「内山署長の住まいは、官舎です。墨井署に隣接する署長官舎に単身で入っていて、家族は別のところにお住まいのようなのです」

「単身赴任って事ですか。別居？　離婚？」

「さあ、そこまでは」

「一人暮らしの寂しさで、精神がアンバランスになって、つい、トイレットペーパーを盗んじまうというか……盗む必要もないのについ盗んでしまうっていう、心の病気があるんだろ？」

「ありますね」

錦戸は頷いた。

「そうですか。同じく、独り寝の寂しさを紛らわそうと、ついつい出来心で……警察官ではありながら、署長という身分でもありながら、かつもういいトシでもありながら、ついつい若い肢体に眼がくらみ……」

ここで錦戸に妙なスイッチが入ってしまったようだ。

「一人暮らしの煩悩か、独り寝の寂しさか。咳をしても一人の単身赴任。メシを作れど掃除をすれど、いや風呂に入っても、愚痴を垂れても、はたまたテレビのギャグに笑ってはみても、誰ひとり、応じてくれる相手はいない、その寂しさよ。若い時ならいざ知らず、そろそろ人生にも終わりが見えてきた。晩年の孤独の厳しさよ！　判りますか？　榊さん」

「判るよ……とてもよく判る」

鋼太郎は気難しい性格が災いして、とっくに妻には出て行かれている。娘と息子がいるが、父親のところには寄りつかない。

身につまされた鋼太郎は思わずもらい泣きをしそうになった。

もうすぐ定年の男が単身赴任。将来を嘱望されていたのに業績は残せず、どこに行ってもお荷物扱いの、まったく期待はずれの人生。仕事でも家庭でも、何も残せなかった。しかも部下はみんな、カゲで自分の無能さを嗤っている……。

同情し、自分までが悲しくなってしまった鋼太郎に小牧ちゃんがすかさず突っ込む。

「それって榊センセの、まさに今のステータスですよね？　奥さんにもお子さんたちにも出て行かれて、一人淋しい晩年って」

小牧ちゃんの容赦ない暴露に、錦戸が食いついた。

「え？　そうなんですか？　榊さん、あなたも？」

「この際、私の事は関係ない」

鋼太郎は震える声で、しかしキッパリと言った。

「話を戻そう。警部殿は、署長をトイレットペーパー窃盗、および女子高生買春の容疑で捕まえますか？」

「そうですね。段取りとしては、施設の防犯ビデオを押さえて、トイレットペーパー窃盗容疑で逮捕状を取り、別件についても事情聴取するという順番でしょうか。罪名が窃盗だけならおそらく初犯でしょうし、諭旨で終了になります。しかし本件には女子高生買春という容疑があります。そちらの捜査は自供が中心になってくるので、別件逮捕の要件としてトイレットペーパー事件を利用するのです」

淡々と言う錦戸に鋼太郎は思わず訊いてしまった。

「しかし……ダメ署長は仮にもあなたの上司ですが、躊躇はないんですか？　忖度しろとは言いませんが、たとえば逃げ道を探してあげてなかったことにする、みたいな方向は考えないんですか？　施設にトイレットペーパー代を弁償するとか」

「榊さん。あなたは、郵便局長は容赦しなかったのに、なぜ警察署長には同情するんです？　筋は通すべきです。容疑を固めて逮捕すべきです。逮捕です！」

一切の躊躇なく錦戸は言い切った。

「そうか。しかしだな……あんたには、憐憫の情というか、人の心というものが……まるっきりないのか？」

「何を言うんですか！　犯罪者を憫れんで、罪を許せと言うんですか？　たまたま、あなたと境遇が似ているからと言って？　だったら警察なんか要らないじゃないですか」

「イヤイヤそういうことじゃなくて……」

そう言いかけた鋼太郎だが、論理的に反論できないことに気がついた。理屈では錦戸を言い負かせない。そうなると情とか配慮とか、鋼太郎が否定すべきだと自分でも言ったことを持ち出すしかなくなる。

これは困った。

そんな鋼太郎を、小牧ちゃんはなんだか気の毒そうに見つめた。

「なんだ？　天ざるの上だけじゃ足りないか？」

「榊センセ。センセの言ってることには全然、説得力がないです。というか、私だって下町育ちだから、センセの言うこと、判らなくもないんですけど、そうすると日頃、センセが町内会長や区議会議員のおっさんを批判してる言動と矛盾しちゃいますよ？　いつも言ってますよね？　下町の濃厚な人間関係と義理人情が、モノゴトを歪めているって」

「言ってる。そうなんだよ。言ってるんだ、確かにこれが」

鋼太郎は自己矛盾を認めて頭をかいた。

「しかしねえ、仮にも警察署長だよ？　そこまで行ったエリートのキャリアが、トイレットペーパーを盗んだり女子高生ともめるについては、それなりの理由があるはずなんだ。どんなくだらない理由にせよ、理由はあるはず。そうは思わないか？」

鋼太郎は錦戸と小牧ちゃんを交互に見た。

「ならばだよ、理由も調べずに防犯カメラの記録があるからハイ逮捕、それでいいのかって事なんだよ。女子高生の件だって、内山署長が非行に走った女子高生を更生させようとして説教したら、逆ギレされたのかもしれないんだし」

「そこは取り調べで署長が弁明すればいいいんじゃないんですか？　疚しいことがなければ、ちゃんと反論できて身の潔白は証明できるはずですよね？」

小牧ちゃんは錦戸の側についた。錦戸は何も言わない。

しばらく沈思黙考していたが、錦戸は、突然、「判りました」と言って立ち上がった。

「逮捕は止めましょう。たしかに、防犯カメラの映像以外にも、いろいろ捜査すべきことはある。やはり、相手は腐っても警察署長です。ヘタをして冤罪だったなんてことになったら、私の将来がなくなってしまうし」

「結局は保身かい！」

鋼太郎はガッカリした。

「そうですよ。自分が自分を大事にしないで、誰が大事にしてくれるんですか？」

錦戸は後ろに手を組んで歩き回ったが、ふと、足を止めた。

「ここまで話してきて、署長に関しては泳がせる必要があるという、さらに重要な理由を思い出しました。思い出したと言うより、頭の隅に引っかかっていた情報です。これは決して後出しと言うことではなくて、大量の情報が私の頭にある中で、インデックスがないと出てこないものも多々あるわけで」

「ゴチャゴチャした言い訳はいいから、話を進めましょう。おたくの署長をただちに逮捕せず、泳がせるべき重要な理由って、なんですか？」

短気な鋼太郎は先を促した。

「あのショッピングセンター、マケスで、薬物の取引が行われているという情報が入っているのです」

「タレコミですか？」

「区民からの情報提供です。それを思い出したのです。日々流入する多種多様な、そして大量の情報の中からそれを選別できたのは、ひとえに私の頭脳の優秀さの証しと言うほかはなく」

「小牧ちゃん、お茶貰えるかな。悪いね」

無視しようとする鋼太郎に、錦戸は畳みかけた。

「この近辺で、アッパー系ダウナー系など各種非合法薬物、さらにいわゆる危険ドラッグそのほか、さまざまな薬物が取引されているとの情報があります。おそらく縄張りを奪われた売人からの為にするチクリだと思われますが」

「そんな重要なタレコミがあったのに、放置してたんですか？」

「いえ、着々と裏取り捜査を進めておりました。というか、それは前任者の段階での話で、私は生活安全課課長に着任したばかりですから」

錦戸はやや逃げ腰の口ぶりになった。

「ウチの生活安全課は五人しかいないんです。薬物捜査の専従に回せる人員はいません。仮に取引があったとしても、その結果、薬物中毒者が犯罪を起こすようなことはなかったので、墨井署としても優先順位、という観点から後回しに……」

「役人の国会答弁みたいですな」

鋼太郎の嫌味を無視し、錦戸は涼しい顔で言った。

「とりあえずウチの署長の行動が、問題の薬物取引を解明する糸口になる可能性がありま
す」

「あんたがたった今、気がついただけじゃないですか。たまたま、というか偶然」

そんなものは怪我の功名だ、と鋼太郎は切って捨てたが、錦戸は無視した。

「ですので当面、署長は泳がせます。そして、その間にきちんとウラを取りましょう」

そう言った錦戸は、鋼太郎と小牧ちゃんを見た。

「協力してくれますね？　いえ、しないとは言わせませんよ」

「けどそれは警察の仕事でしょ？　我々民間人の出る幕じゃあないでしょ？」

「だから。この件は微妙なんですよ。私は転任したばかりの、ワケアリのエリートなんだ
から」

おおついにワケアリをカミングアウトしたか、と鋼太郎はワクワクしたが、突っ込む隙
を与えず錦戸は続けた。

「小なりとは言え仮にも警察署長です。その犯罪を暴こうと言うんですよ！　生活安全課の部下には命じられないし、命じても、彼らは逃げるでしょう。経歴の汚点になる可能性のある仕事を、まともにやる筈がないのです。私は優秀だから、そういうことがすべて見えるのです」

「優秀なのもたいへんですな」

鋼太郎は丼を片付け始めた。

「では、当院はそろそろ午後の部を始めますので」

と、鋼太郎は錦戸を追い返そうとしたが、錦戸も言いなりにはならない。

「榊さん。乗りかかった船って言うじゃないですか。ここは、諸事情に鑑（かんが）みて、ひと肌脱いでくださいよ。お願いします」

「あんた、人にモノを頼む時だけは、妙に情に訴えるんだね。もっと、ほら、あんたお得意の、理路整然ってやつで頼めないの？」

「それは無理でしょう？」

錦戸は頼み事をしているワリに自信満々な態度で答えた。

「お願いする、つまりそれは人の好意にすがることです。そして好意とは感情にほかなりません。情に訴えるのは当然でしょう？　理路整然と理屈であなたを追い込んだら、どうなります？　私の願いを聞いてくれるどころか逆に反撥して『絶対にやだ！』とあなたは言う。そうに決まっています」

「言われてみればその通りだ。頼み事をするのに上から目線で屁理屈垂れるような野郎がいたら、協力する気があっても嫌だというね」

ほらね！　と錦戸は人指し指を立てた。

「ということで、宜しくお願いします。署長が動くとしたら一八時以降です。署の仕事が終わる時刻です。それならこちらも営業を終わっているでしょう？」

「判りましたよ。やれる範囲で力になりましょう。アンタのやる気を買った！」

いつの間にか錦戸の依頼を受けることになっている。

*

その日の夕刻。錦戸と鋼太郎、そして小牧ちゃんはショッピングセンター「墨井マーケットストリート」、略してマケスの防災センターにいた。

「防犯ビデオの映像を見せる許可は上司に取ってあります」

と記録装置の操作をするのは、小牧ちゃんの友達の利根ちゃんだ。

「トイレットペーパー盗難は毎日ではありません。三日おきくらいに……」

利根さんが選び出した映像は、三日前の一九時二八分のもの。

画面は、二階の「ハジマ電機」の売り場横にある、トイレに向かう通路を映し出している。

「トイレの中の映像はありません。それだと盗撮になってしまうので」

「判ります。続けて」

錦戸が先を促した。

やがて画面には、灰色のスーツを着た年配の男が現れた。そのままトイレに向かって歩いて行く姿が映し出された。

「これは、署長ですね、十中八九」

その人物は手ぶらだ。他に出入りがないので映像を早送りし、五分が経過したところで、灰色スーツの男がトイレから歩いてきた。今度は完全に顔が映っている。

「ちょっと年配で六〇くらいで、身長は一七〇くらいで、髪は薄くて、右目の下に大きなホクロがあって、左耳から長い耳毛……はちょっとわからないけれど、眉毛がゲジゲジで無駄に伸びていて……」

利根ちゃんは署長の外見上の特徴を、指を折っては確認している。

「ほぼ該当します。これは内山署長で決まり！　ですね」

しかも、トイレに行く時には手ぶらだったのに、帰りはレジ袋を持っていて、袋は大量の中身で膨らんでいる。

利根ちゃんはビデオの画面を止めて、レジ袋を拡大した。白いロール状の物体が幾つか入っているのが見えた。

「トイレットペーパーですね」

「そうですね」

「これと同様の映像がほかにも幾つかあります」

前もって利根ちゃんには記録映像を見に行くと伝えてあったので、彼女は「トイレットペーパー泥棒」の映像を四つ、ピックアップしてくれていた。

どれも似たり寄ったりで、内山署長の服装とトイレットペーパーを入れる袋は違うが、あとは同じだ。

「これを見せれば、署長は認めざるを得ないでしょう?」

そう言った鋼太郎は、錦戸を見た。

「トイレットペーパーがなくなって補充した記録と照合すれば、動かぬ証拠ですからね」

「任意同行を求めるにしても……これだけだと普通なら、説諭して終了ですからね」

錦戸も、そこまで踏み切る決心はつかないようだ。

だが。

そこで少し目を離していたリアルタイムのモニターに、再びいや内山署長の姿が映った。

「また来た!」

四人は同時に叫んでしまった。

「どうしましょう?　トイレに踏み込んで現場を押さえるか、出てきたところで任意同行を求めるか、あるいは、今回は見逃すか……」

錦戸は指を折った。

ところが。今日に限って署長はなかなか出てこない。

しばらく様子を見たが、一〇分経っても一五分経っても出てこない。

「これは……何かあったのかも」

もしかして現在追っている件にも関係が……と言って一瞬立ち上がり掛けた錦戸だが、そこでまた座り直してしまった。

「いや、私が行くわけにはいかない。私は署長に顔を知られていますから。かと言って小牧さんが行くのも、男子トイレという場所を考えると宜しくない。同様に、利根さんも……となれば、残るは榊さん、あなたしかいない！」

「おれに様子を見に行けってか？」

三人の視線が注がれ、渋々立ち上がった鋼太郎に錦戸が言った。

「あ、一応、状況をモニターしたいのですが……困ったな。隠しマイクの用意がない」

どうしようと言う錦戸に、利根ちゃんが提案した。

「スマホを繋ぎっぱなしにすればいいじゃないですか」

なるほど、と錦戸は自分のスマホをチェックし、録音機能があることを確認した。

「これで状況の記録もできますね」

「逆上した署長がおれを殺さないように、きっちりモニターして、ヤバいと思ったらすぐに助けに来てくれよ。あんたもオマワリなら武器くらい持ってるだろ？」

「制服警官以外、通常は拳銃も手錠も携行してませんよ」

「警官なら、逮捕術の訓練ぐらいしてるだろう？　カラダが凶器みたいなものなんだろ？　いや、錦戸さんはキャリアだから違うか。手荒なことはしないんだよね？」

「訓練は受けましたよ。銃だって撃てますよ」

錦戸はそう言いながら鋼太郎のスマホの番号を聞いて架電し、自分のスマホと通話が繋がった状態にしたうえで、鋼太郎を送り出した。

「ったく、おれはただの一民間人だってのに……ついてねえなあ……」

とボヤきつつも妙に嬉しそうな鋼太郎は、ブツブツ言いながら防災センターから二階の男子トイレに直行した。

と。

鋼太郎の少し先を歩いていた男が、男子トイレに入るなり慌てて踵を返して戻ってきた。こわばった表情でそのまま逃げてゆく。

なんだ、混んでるのか？　と思いつつトイレに足を踏み入れた鋼太郎は仰天した。

予想もしなかった光景が繰り広げられていたのだ。

初老の男、「頭が薄くてゲジゲジ眉毛の右目の下にホクロのある人物」、つまり内山署長が、見るからにヤバそうな若者五人に囲まれているではないか！

慌てて逃げて行った男は、この状況にビビったのだ。こんな物騒なトイレで用を足していたら、どんなトバッチリを食らうか判ったものではない。

鋼太郎が棒立ちになっていると、署長の胸ぐらを摑んでいた男が振り返った。

怒っている。剣呑(けんのん)な目つきはどう見ても凶悪なチンピラだ。

タラタラしてねえで、出てけ！　とその目は言っている。

しかし、鋼太郎は逃げない。

チンピラはなおも視線で殺す勢いで睨みつけてくる。

鋼太郎は迷った。

このまま小用を足すか、それとも個室に入って盗み聞きするべきか。

小用だといくら引き延ばしても数分だが……個室ならもっと粘れる。

咄嗟に心を決めた鋼太郎は、ずんずんと足を進めて、個室に入った。バンとドアを閉め、ポケットからスマホを取り出して、マイク部分をドア外に向けた。

部外者が同じ空間にいることを気にしてか、チンピラは声を低くした。最初はぼそぼそ話していたが、ふたたびエキサイトしてきた。

「だからよ、さっきから言ってるだろうがよ！　なんでここのトイレットペーパーを勝手に持っていくんだよ！　え？　お前、どこの組の回し者なんだよ！」

「いやだから、何度言われても、意味が判らない……」

「見え透いたウソついてんじゃねえ！　ああっ？　お前が取引を邪魔してブツを盗ったんだろ？　大人しく盗ったものを出せって言ってるんだよ。盗っ人が居直ってんじゃねえよ！」

「いや、私は単に、トイレットペーパーを」

「だからウソつくなって。ネクタイ締めたおっさんがトイレの紙を盗むのか？　どんなしみったれた貧乏人なんだよ！　え？　誰に物言ってると思ってんだよ！　あ？」

鋼太郎は今やドアにぴったり耳をくっつけて聞いていた。今のところチンピラは怒鳴るだけで、物理的に手は出していないようだ。

その時。突然『榊さん、緊急緊急！』という錦戸の声が個室に響き渡った。

繋ぎっぱなしにしているスマホからだ。

何やってるんだ、喋ったらバレるだろこの馬鹿！　と怒鳴りつけたいのを堪えて、鋼太郎はスマホを耳に当て、押し殺した声で応じた。

「……なんだ？」

『そのトイレで、覚醒剤の受け渡しが行われています。裏が取れました！』

普段は嫌味なほど落ち着いている錦戸の声に興奮の気配がある。なおも押し殺した声で鋼太郎は現状を知らせた。

「それより署長が……あんたンとこのボスが、チンピラにシメられてるぞ。聞こえてないか？」

『そうなんですか？　音が遠くてよく聞こえないですね。もっといいスマホに買い換えたほうがいいのでは？』

その時、個室のドアがどん、と叩かれた。続いて「ボソボソとうっせーんだよ！」と外から怒鳴られた。例のチンピラの声だ。

「ほら、あんたが余計な連絡をしてくるからチンピラが……とにかく今、お宅のボスが取り囲まれてるんだよ」

『そんなことより、こっちの話を聞きなさい。ウチの署員が墨井公園で喧嘩していた若い男を引っ張って尿検査をしました。かねてより行確中の男です。すると見事に薬物反応が出たので事情聴取したところ……今あなたがいるそのトイレで薬物を過去数回受け取ったと」

「え！」

それを聞いた鋼太郎は、思わず声を上げてしまった。

その声に、署長を責めていたチンピラが反応した。

「なんだよ、さっきからうっせぇな？　だいたい誰と何を話してるんだ！」

その声はドアに近づいてきた。

「おい、お前だよ。お前。中で何をやってる？」

ドア外から響く罵声に、鋼太郎は慌ててトイレの水を流した。

「何やってるんだって、ウンコしてるんだ！」

「ごまかすな！　こら！」

チンピラはドアをガンガンと蹴った。蹴り壊す勢いだ。

「おい、こっちはピンチだ。この音、聞こえてるだろ！　なんとかしろ！」

鋼太郎はスマホの向こうの錦戸に向かってSOSを出した。

トイレのドアはなおも激しく蹴られ続けている。ついに蝶番(ちょうつがい)が緩(ゆる)み始めた。このままでは蹴り壊される前にドア自体が外(はず)れる。そうなったら狭い個室にいるのは不利だ。敵にわっと入ってこられたらボコボコにされる。

ならば。ここは打って出るしかない。

覚悟を決めた鋼太郎は、勢いよくドアを開けた。外開きのドアが開いた瞬間、ごん、と音がして、「う」とチンピラが呻いた。見るとチンピラが顔を押さえてしゃがみ込んでいる。

「おいお前、大丈夫か？　鼻が砕けて大変なことになってるぞ！」

鋼太郎はわざと大袈裟に叫んだ。実際は鼻血だったが、チンピラは「うわ」と叫んで腰を抜かした。

その機を逃がさず鋼太郎は個室から飛び出し、勢いのままに立っていた連中に体当たりし、一気に蹴散らした。

いきなり個室から出て来たオヤジに襲われたチンピラ達は壁際に押し込まれ、一人は後頭部を打って失神寸前だ。

一人が「うぉりゃー！」と叫びながら突っ込んできたが、鋼太郎はひらりと体をかわしざまに腕を掴み、一本背負いでトイレの外に投げ飛ばした。

「おれは高校時代、柔道で国体の県代表になったんだ！　ナめたら承知せんぞ！」

鋼太郎はミエを切った。

残った二人のチンピラが同時に襲ってきたが、鋼太郎はヒョイと身をかがめた。二人が激しくぶつかり同士討ちとなったところで立ち上がり、二人の髪を掴んで顔面と顔面を激突させた。

一瞬のうちに全員を無力化した鋼太郎は、息を吹き返した一人が逃げようとしているのに気づき、すかさず後を追った。

今や腰が引け完全に怯んでいるチンピラの髪を掴んで、これもタイル壁にぶつけると、チンピラはそのままずるずると崩れ落ちて、再び失神した。

さて、署長は？　と鋼太郎は内山署長を探したが、ゲジゲジ眉毛のおっさんの姿はどこにもない。

「署長！　内山さん？」

鋼太郎が呼んだが、返答はない。どうやら、鋼太郎がチンピラを倒している間に署長は逃げ出したらしい。逃げ足だけは俊敏のようだ。

その時、背負い投げを食らわせたチンピラと、最初に後頭部を打って失神したチンピラが床を這い、コソコソと逃げ出すのが見えた。

「お前らはセミか？　死んだふりするな！」

鋼太郎は逃げようとするチンピラ二人を追った。

二人は物凄い速さでショッピングセンターの通路を走って外に出ると、駅に向かう大通りを必死で走ってゆく。どこに行くつもりか、と思った鋼太郎の視線の先に、同じく逃走中の内山署長の姿があった。

「署長！　そいつらを逮捕してください！」

鋼太郎は叫んだ。腐れキャリアでも警察官は警察官。逮捕術のイロハくらい知ってるだろう。署長ならチンピラの一人や二人、捕まえてみろ！

と、思ったのだが、捕まえるどころか内山署長は別の人物に捕まってしまった。

「おっさん、いいところで会ったな！　あんたに会いに行こうと思ってたんだぜ！」

「そうだよ。あたしにあんなことしといて、まさかバックレられるとか思ってないよね？」

それは、例のケバい金髪女子高生と不景気そうな彼氏だった。駅の方角からショッピングセンターに向かって歩いてきたところで署長と出くわしたのだ。

カップルに両腕を掴まれた署長はもがいている。

「はっ放せ！　今、君たちの相手をする余裕はない」

その時。バカップルは猛烈な勢いでこちらに走ってくるチンピラ二人、そして後を追ってくる鋼太郎を見て目を丸くした。

「おっさん、あいつらから逃げてるのか？　どうして？」

「話せば長くなる。後にしてくれ」

「そうは行くかよ」

金髪女子高生とその彼氏に挟まれて、内山署長は進退きわまっている。

そこへようやく錦戸が、小牧ちゃんや利根さんとともに現れた。

「遅い！」

鋼太郎は怒鳴った。その声に振り返った内山署長は、錦戸の姿を認めて驚愕した。

「き、君！　錦戸君！　君がどうしてここに」

「署長！　もう完全に詰んでますよ！　ちょっとお話を……」

「そんなことより、こいつらも逮捕しろ！　署長を脅していたんだぞ」

鋼太郎が叫ぶや否や、逃げていたチンピラ二人がそれぞれ金髪女子高生とその彼氏をはがい締めにした。一人がポケットから出したナイフを彼氏の首に突きつけた。

「ちょちょ、なんすか？　なんの真似っすかこれ！」

彼氏が狼狽(ろうばい)して叫んだ。

「いつだってカネはきっちり払ってるじゃないスか！」

「そういう問題じゃねえ！」

チンピラは吐き捨てた。

「このおっさんが、のらりくらりとウソばかりつきやがってよ。そのうちに、この妙なオヤジがトイレから出て来ておれらに襲いかかってきて」

チンピラが言う。

「なんなんだよこれ？　意味がわかんねーよ」

カップルを人質に取られているので、腕に覚えのある鋼太郎も手が出せない。

内山署長もうろたえるばかりで、まったく戦力にならない。

「意味がわからないのはこっちだ！」

鋼太郎が叫ぶと、「私は判ってるぞ！」と叫び返したのは錦戸だった。

「警視庁墨井署、生活安全課課長の錦戸だ！」

更に叫ぶと身分証を高く掲げた。

「丸山善助！　今風の彼氏ぶってるが古風な名前の丸山善助！」

「やめろ。おれをフルネームで呼ぶな！」

チンピラにナイフを突きつけられている丸山の顔が引きつった。だが錦戸は容赦しない。

「丸山、お前はこのチンピラからドラッグを買ってるだろ！　そのカネは自分のカノジョ、足立玲華に稼がせてな！　カノジョにおっさんを引っかけさせて美人局的にカネを引っ張って、そのカネでドラッグを買っていた！　全部バレてるぞ！」

錦戸は言い放ち、ヒーローさながらに決然と丸山を指差した。

「そして、墨井区を縄張りとする暴力団、墨花会の粕谷次郎に三枝正、三宅晋三、他二名は、ショッピングセンター・マケスのトイレでドラッグの売買をしていた。それに相違あるまいな?!」

通過する車のヘッドライトが照らし出した錦戸の顔が一瞬、遠山の金さんに見えた。

「トイレの棚にある予備のトイレットペーパーの置き方でドラッグの在り処を指定していた。お前たちの悪い頭で必死で考えた連絡方法だが、これまではそれなりに機能していた。そうだな？」

「うるせえ！」

丸山善助にナイフを突きつけているチンピラが、ヤケクソ気味に怒鳴り返した。

「このトロいボンクラオヤジのせいで、何もかもがぶち壊しだ！」

トロいボンクラオヤジ認定された署長は呆然として立ちすくんでいる。

「サインのトイペがねえからよ、ブツの在り処がわからなくなって取引が出来ねえ。アニキからはなんとかしろとヤキを入れられるし、どこのバカ野郎がこんなことするのか判らなくて……まさかこのおっさんがトイペを盗んでいたとは……」

丸山善助にナイフを突きつけているチンピラが、そのナイフで内山署長を指した。

「このおっさん、マジで署長なのか？　墨井署の？　ホントかよ！」

「ああ、本当だ。署長でありながら、トイレットペーパーを盗んでいたんだ。意表をつかれたか？　盲点だろ？」

「ああ。無職のクソオヤジとしか思わなかったぜ」

チンピラ二人はガックリしている。

「そういうことだ。では、神妙にお縄を頂戴しろ！」

錦戸がそう言いながら近づいた瞬間、金髪女子高生を捕まえているチンピラが我に返ったように叫んだ。

「うるせえ！　こっちは人質を取ってるんだ。それを忘れるな！　このスケが死んでもいいのか？」

「ああ、いいよ。好きにしたまえ」

「お前……サツの癖に、何言ってるんだ？」

錦戸の暴言に唖然としたチンピラが力を抜いた、その瞬間。

錦戸が姿勢を低くして突進した。タックルの体勢でチンピラの下半身に取り付こうとしたが、敵もさる者、丸山にナイフを突きつけていたチンピラが素速く反応して、錦戸の尻を蹴り上げた。

そのまま車道に押し出されるか……と見えた錦戸だが、辛くも踏み止まって反転。再度、姿勢を低くして突っ込んでいった。

鋼太郎も加勢しようとしたが、その前に勝負がついてしまった。

タックルされたチンピラがもう一人を巻き込み、倒れ込んだのだ。

車道に倒れたチンピラ二人は、手前の車線を走ってきた車に危うく轢(ひ)かれそうになったが、ごろごろと転がって、すんでのところで命拾いをした。

「くそっ」

よろよろと立ち上がったチンピラ二人は車道を渡って逃げようとした。

そこに反対側から車が迫ってきたのだが、無謀にも二人は渡りきろうとした。

「危ない！」

「おい、よせ！」

錦戸と鋼太郎が口々に叫んだが遅かった。

どん、どん、と鈍い音がして、チンピラ二人はあっさりとはね飛ばされた。けっこう速度が出ていたのだろう、二人の身体は宙を舞った。

物陰に隠れていた刑事たちが飛び出してきた。道路に倒れた二人と、それを呆然と見ていた美人局カップルの合計四人が次々と身柄を拘束された。

「いや、見事なタックルでしたな」

思わず鋼太郎が声をかけると、当の錦戸は「お恥ずかしいかぎりです。できれば無傷で確保したかったのですが」と残念そうな表情を見せた。

内山署長は、カップルが連行され、はねられた二人が救急搬送され、さらにマケスのトイレで残りのチンピラが逮捕されても、呆然としたままだった。

＊

「別居している家族に送金すると、手もとにほとんどカネが残らなかった。だから……」

墨井署に戻って、署長室のソファに座った内山署長は、背を丸めてガックリと肩を落としてぼそぼそと「自白」した。

「トイレットペーパーくらい、と思うだろう？　そうなんだよ。普通に考えればトイレットペーパーなんか、買ったってたいしたことないんだが……常軌を逸していたとしか言えないね」

署長は、万引きをして捕まった中学生さながらのへこみようだ。

「息子に……金がかかってね。所帯が二つあるとそれだけ支出も多い……」

「では、トイレットペーパーの数や置き方が、何らかの情報を伝達している可能性に着目して、捜査をしていたわけではなかったんですね？」

「全然違う」

内山署長はうなだれた。

「純粋に、盗んでいた」

「身につまされますなあ」

錦戸の横で聞いていた鋼太郎は思わず同情してしまった。妻には出て行かれ、子供たちも独立してあまり寄りつかない彼も、寂しい身の上であることに変わりはない。

「では、金髪女子高生の足立玲華についてはどうなんです？　あれも、つい、出来心で、という？」

錦戸の問いに、内山署長は、「私は単純な男なんだ」と答えた。

「ただただ単純に、彼女が声をかけてきて……ついふらふらと誘いに乗って、ホテルの部屋に入った。そこに彼氏が乗り込んできて……まだなんにもしていない段階で」

「それは悔しいでしょう」

思わず鋼太郎は口走った。

「脅されるなら、せめてそれだけのことをしてからじゃないと、ワリが合わないですなあ」

「いやいや……私の口からは何もコメントできないね」

内山署長は、淋しく笑った。

＊

「署長は、一身上の都合という事で、定年を前にして依願退職しましたよ」

居酒屋クスノキで、錦戸は今回の関係者一同に報告した。

「身内の、それもエラい人の場合、懲戒免職にはしないんです。よほどの凶悪犯罪でもない限りね」

「つまり、一件落着ですな」

鋼太郎は乾杯しましょう、と錦戸の生ビールのジョッキにコップを押し当てた。

「これでアンタも手柄を立てたわけだから、本庁に戻れるんじゃないの？」

気軽な感じで言った鋼太郎だが、錦戸は「とんでもない」と強く否定した。

「アナタは警察というものをご存じない。警察の組織というものは、内部で波風を立てるのを嫌うんです。私のような若輩者が、上司、それも定年直前の署長のしくじりをほじくり出すなど、もってのほかです。何にも増して優先されるのが内部の秩序です」

それは他の役所と同じことです、という錦戸に小牧ちゃんが口を尖らせた。

「でもそれじゃ警察内部の問題は正されない、ってことになるんじゃないですか？」

「確かにそうですね。で、ひょんな事で外に漏れると、『警察ってロクなもんじゃないな！』ってことになってしまうんです」

ただでさえロクなもんじゃないと思われがちなのに、と錦戸は言い、生ビールをグビリと飲んだ。

「じゃあ錦戸警部は華々しく本庁に復帰するどころか、華麗な経歴を汚してしまったってことになるんですか?」

「……まあ、しばらくは墨井署でお世話になるって事でしょうね」

喜んでいいのか悲しんでいいのか、全員が複雑な表情になる中、女子高生バイトの三人組だけが「錦戸っち！　いつまでも墨井署にいてくださいね〜！」と声を弾ませた。

参考
「Q&Aスクール・コンプライアンス」
https://shop.gyosei.jp/library/archives/cat02/0000010276
「マンガで学ぶ公務員倫理」 https://www.jinji.go.jp/rinri/siryou/rinri_manga.pdf

第二話　ホーンテッド・マンション

「だからね、ウチの整骨院の前に勝手に車を駐めるヤカラが多くて困ってるんですよ。公道ですよ。完全な違法駐車ですよ！　こういうの、どうして取り締まってくれないの」

墨井署の一階受付で、鋼太郎が訴えている。いや、捩じ込んでいる。窓口の警官はまたかという表情で露骨に迷惑そうだ。

「まずはご自分でなんとか出来ないんですか？」

「公道に駐めてるんだから完全な道交法違反だろって言ってるの、通じない？　道交法違反の違法駐車なんだし、こっちは通報してるんだ。あとは警察がなんとかするもんだろ！」

「いや、私が言うのはですね、なるべく駐車をさせない工夫というか」

「やってますよ。だけど、駐車禁止のコーンを自腹で買って置いといても、勝手に退かして駐めるんだ。しかも一台だけじゃない。そういうヤツらが何人もいて、何台も何台も、代わる代わるに駐めやがるんだ……あたかも、私の努力を嘲笑するかのように！」

いかにも悲憤慷慨、という体で天を仰ぐ鋼太郎。しかしその嘆きは窓口の警官により、あっさりスルーされた。

「オタクが空き家だと思われてるだけでは？」

「失敬な！」

鋼太郎はエキサイトした。

「ウチはこの土地で三〇年も続いてる整骨院だよ？　ウチを知らないのはモグリだ。看板も出してるし、患者さんだって出入りしてるし」

そうなんですか？　と係員は疑わしそうな笑みを浮かべた。その背後を顔見知りの警官が引きつった愛想笑いを浮かべて軽く会釈して通り過ぎた。触らぬ神に祟りなし、と思っている内心がミエミエだ。

「一万歩譲ってウチが空き家だったとしても、公道への違法駐車を黙認してるようじゃ、警察がある意味ないじゃないか！　交通課に電話して、取り締まってくれ、レッカー移動してくれと頼み込んで、やっとおまわりさんが来たときにはその違法駐車の車はどこかに消えている。まるでマーフィーの法則だ」

「いいじゃないですか。結果として車は退いたのなら。こっちも忙しいんでね」

いやダメだ、そういう結果オーライが、筋を通さない遣り方が社会の腐敗を招くのだ、と鋼太郎はさらにヒートアップした。

「あんたじゃ話にならない。上の人を呼んでくれ」

クレーマー伝家の宝刀「上を呼べ」が出たところで、係員も埒があかないと見て、「少しお待ちを」と席を外した。

手持ち無沙汰になった鋼太郎は、隣の窓口にいる女性が気になった。

若い女性だが地味な服装で、思い悩んでいるせいか雰囲気も暗い。

聞くとはなしに相談内容が耳に入ってしまう。どうやら、住んでいるワンルームマンションで、下の住人から何度もクレームをつけられて困っているらしい。

「……下からどん、と突き上げられるんです」

「なにそれ？　地震はウチの管轄じゃないよ」

応対する中年の警官は見るからに面倒くさそうだ。女性は必死に訴えている。

「ですから、下の階から……下の階の自分の部屋の天井をどん、って棒かなにかで突いてくるんです。私、何もしていないのに……室内を歩くときだって物凄く気をつけて、絶対に足音を立てないようにしてるんです。テレビの音だって絞っているのに」

そこまで配慮しているのに下の住人は許してくれない。エレベーターやエントランスで顔を合わせるたびに物すごい目つきで睨まれる。果ては共同ポストから郵便物を抜いて撒き散らされたり、昼夜を問わず下からどんどんと突き上げられて、もう気が狂いそうだと、女性は切々と訴えている。

「もう、どうしていいか判らないんです」

女性はまだ若いがしゃれっ気がなく、ノーメイクで色黒。一重まぶたで、ストレートの黒髪をうしろでひとつに結んでいる。

今どき珍しいくらい地味な女性で、ケバケバしくないところは好感が持てるが、若いのだし、ほっそりとしてスタイルも良いのだからもうちょっと身なりに構えばいいのに、と鋼太郎も、ついつい余計なことを考えてしまう。

人は見た目が九割というが、こういう地味な外見が不運のスパイラルを招き、悪質なクレーマーをも引き寄せてしまうのではないか、と鋼太郎は自身のクレーマーっぷりを棚に上げて勝手なことを思った。

「だからそういうことはまず当事者どうしで話し合っていただかないとね。あなた、その人に直接話したりしましたか？」

　中年警官は明らかに苛立っている。

「そんなこと……恐ろしくて、とても出来ません」

「では、管理会社とか大家さんとかに相談しましたか？」

「しましたけど、全然真面目に取り合ってくれないんです。ハイハイと言われただけで、何の変化もなくて」

「あなたねえ、きちんと話したんですか？　下の階の人に困ってるって」

「それは……はっきり話して、それが下の階の人に伝わったら、何をされるか判らないので……それとなくって感じでしか言えません」

　窓口の警官だけではなく、隣で聞いている鋼太郎も苛々してきた。この女性は説明の要領が悪すぎるし、ものの言い方もはっきりしない。しかも憔悴して、みるからにノイローゼでは？　と思わせる雰囲気が濃厚だ。これはもしかして、この女性の被害妄想ではないのか、と鋼太郎は思ってしまった。たぶん相談を聞いている中年警官もそう思ってるんじゃないか？

「それじゃあ、警察としてもねえ……でもね、あんた、何もしていないって言うけど、何もしていないわけがないでしょう？　ご自分で気づかずに何かやってるんじゃないですか？　夜中に物を落っことしたり、無神経に掃除機かけたりとか」

「いえ私……普通に暮らしているだけなんです。本当に音をたてないように、物凄く気をつけてます……なのに」

「だからね、誰だってまったく問題を起こさないように暮らすのは不可能じゃないかと言ってるんです。あなた、過敏すぎるんじゃないの？　挨拶されただけなのに文句を言われたように感じるとか……」

「いいえ、それは違う……違うと思います」

「ちょっとさあ、あんたの言ってること、全然判らないんだよ！」

中年警官はキレ気味だ。

鋼太郎にも彼女の言っていることがよく判らない。もしかして、自分たちのような中年男には理解出来ない、微妙なニュアンスが含まれているのか？

若い女性が顔を覆って泣きだして、雰囲気は最悪になった。

その時、階段を勢いよくスマートな身のこなしで下りてきた、貴公子のような人物が一階フロアに現れた。

生活安全課課長にして警部の錦戸だ。

「これはこれは錦戸課長！　課長みずからどうされました？」

驚く中年警官を他所に、錦戸は救世主のように颯爽と近づいてくると、鋼太郎を見て言った。

「いえね。こちらの榊鋼太郎さんが『またしても』来署され、墨井署の業務に貴重な御意見を賜るとともに『上の人』を出せとの要望があった、と聞いたものでね……しかし、もめているのはどうやら榊氏だけではないようですね。きみの声が大きいから全部、聞こえていましたよ」

錦戸は地味な女性の横に立ち、対応している中年警官に注意した。

「きみ、市民であり納税者でもある方に、そういう態度を取ってはいけませんよ」

ちょっとこちらへ、と錦戸はその女性を、一階ロビーの片隅にある面談ブースに案内して行った。鋼太郎のクレームはどうやら後回しにされたようだ。

面談ブースは衝立てで仕切られ、その裏に安物の応接セットが置かれている。

鋼太郎は聞き耳を立てた。ぼそぼそと、いらいらさせるような女性の声がかすかに漏れ聞こえてくる。やがて、というかやはりというか、錦戸の「それはどうなんでしょうね？」

というイライラした声が響いてきた。

「あなた、自分が若い女性で弱い存在だからって立場に逃げ込んでませんか？　一人暮らしをする以上、トラブルは自分で解決する努力をしないと、都会で暮らしていけませんよ？……いやいや、泣かれても困るんです。泣けばどうにかなるのなら警察も裁判所も要りませんよ！」

　ああついに、まだ若い錦戸も声を荒らげるのか、あの女性の話すことにイラッとするのは、おっさん特有の拒否反応ではなかったのね、と鋼太郎がホッとしたとき、衝立ての向こうからくだんの若い女性が飛び出してきた。泣きながら逃げて行く。

「もうちょっとご自分の考えと、状況を整理してまた来てください！」

　錦戸は彼女の後ろ姿に追い打ちをかけるように言った。

　鋼太郎もイライラしていたが……彼女がやがて肩を落とし、トボトボと帰っていく姿を見ていると、かなり気の毒に思えてきた。

「警部殿。あなた、窓口の警官にはもっと丁寧な対応をとか言ってたくせに、あなた自身が怒鳴りつけて追い返してしまうのは如何なものか」

　鋼太郎は錦戸に文句を付けた。すでに違法駐車の件はどうでもよくなっている。

「そうですか？　さっきチラッとあなたの顔を見ましたが、あなたも相当、イライラしていたようですが？」

「イライラはしました。しかし、私のような一般市民と警部殿は立場が違う。市民の安全を守るのが警察官でしょう？」

「失礼ですが、あなたにお説教されるいわれはありません」

錦戸はそう言って、階段から下りてくる制服警官を指差した。

「交通課の課長が来ましたよ。市民たるあなたの権利をせいぜい主張してください」

錦戸はクールな笑みを浮かべると、さながらＶＩＰでもあるかのように、悠然とエレベーターに乗った。それに鋼太郎は追いすがった。

「待て！　そんなにカッコよくこの場を去るな！　こっちの違法駐車も何とかしてくれ、アンタからも交通課に言ってくれ！」

だが錦戸は、記者を無視して立ち去る政治家のように、無表情でエレベーターのボタンを押した。目の前でドアが閉まる。

「なんだあいつ」

鋼太郎は、隣にいる交通課課長に「ねえ」と愛想笑いをしてしまったことに激しく自己嫌悪した。

＊

翌日。

鋼太郎の整骨院の前には、またも違法駐車の車があった。今日は2シーターのBMWだ。格好いい車だけに、にくったらしさも倍増だ。

目にもの見せてやりたいがボディに一〇円パンチなどしたら鋼太郎が捕まる。タイヤの空気を抜いたら移動できなくなる。

結局、鋼太郎に残された抗議の手段は、貼り紙だった。

「違法駐車だ！」「勝手に他人の家の前に駐めるな！」「呪われろ！」「車はカッコいいが駐めたお前はクソだ！」などなど、赤のマジックで殴り書きした紙をベタベタと糊づけした。剝がせないと器物損壊罪にあたるらしいから、そのへんの案配はした。簡単に剝がせてはインパクトがないし、かといって器物損壊罪もイヤだ。なので、その気になって頑張れば剝がせる。その線を狙った。

「センセも、妙なところに創意工夫しますよね」

その様子をしばらく眺めていた受付の小牧ちゃんは呆れるような口調で言うと、整骨院の中に入ってしまった。

と……少し離れたところから、言い争う男女の声が聞こえてきた。言い争うといっても、強引に押してくる男に、女性が懸命に抗(あらが)っているという感じだ。

「どうして嫌がらせばかりするんですか！　私、何度も言うけど、何もしていないのに……」

「嫌がらせ？　……ちげーよ。あんたが週七日、一日二四時間ドスドスドスドス床を踏みならしてうるせーからだろ！」

「そんなことしてません！　何度言ったら判ってくれるんですか？」

「だーからそっちがうるさくするのがいけねーんだろ！」

そう言い合いながら近づいてきた二人を見ると、女性のほうは昨日、墨井署で窓口の警官や錦戸に相談して追い返された、あの地味な女性ではないか。

彼女に付きまとうように、右に行ったり左に行ったり、はたまた行く手をさえぎるように前に出たりと忙しいのは、こちらも派手とはいえない、まだ若い男だ。あれこれ因縁をつけているワリにその態度はおどおどして、若い女性と目を合わせようとしない。

「う～ん、あれは……どっちもどっちというか、いや、女のほうがおかしい、かな」

気がつくと、いつの間にか鋼太郎の横に錦戸が立っていた。

「事件あるところ、錦戸アリです」

彼は大昔のスーパーヒーローのようなことを言い、慌てて付け足した。

「ま、ちょっと外に出たら偶然出くわしただけですが」

若い女性は必死に男に対抗しようとしている。それを見た鋼太郎はさすがに気の毒になり、助けようかと思い始めたのだが、錦戸は違った。

「どちらも気が強くはないタイプですが、男性のほうがわずかに気合いで負けています。そこに女性が勝機を求めて、必死に食い下がっています。弱いものほど追い詰められると必死になる。もう女性のほうも、引っ込みがつかないのでしょう」

鋼太郎には、そうは思えなかった。明らかに女性は完全な被害者で、男の言い分のほうが異常だ。二四時間、物音を立て続けるなんて不可能だろう。

しかし錦戸は、「これは窮鼠猫を噛むというやつです。仕方ありません」などと言いながら前に出た。仲裁に入ろうというのだ。

「ちょっと失礼。お二人とも、ここは公共の場です。お気持ちは判りますが、見苦しく言い争うのは適切ではありません。どこか場所を変えて、お互い、得心がいくまで話し合われてはどうです?」

若い女性はハッとして錦戸を見て、慌てて謝った。

「すみません、すみません……私ったらつい夢中になって」

そのまま逃げるようにその場から立ち去ってしまった。

明らかに、錦戸を怖がっている。

しかし錦戸は、彼女の態度が理解出来ない様子で、何も逃げなくても、などと言っている。昨日、警察から彼女を追い返したことを忘れてしまったのか。もしくは全然、悪いとは思っていないとか?

その時、若い男が「ありがとうございます」と錦戸に礼を言った。

「変な人の下の階に入居してしまって……困ってるんですよ」

「変な人って、今の女性ですか?」

「ええ。朝から晩まで二四時間、ドスドスと歩き回っているんです。まるで部屋の中でシコ踏んでるか、柔道でもしてるみたいな」

「二四時間ですか？　あなた、ずっと起きて聞いてるんですか？」

「そうですね。あんまりやかましいので。ホウキの柄で天井を突いたりしますよ」

「いやいや、二四時間寝ないでその足音を聞いてるんですかと訊いてるんです」

「眠れないから聞いてしまうこともあります」

その話は鋼太郎にも聞こえている。錦戸は「なるほど」と頷いているが、鋼太郎は、この若い男の言うことが逆に信じられない。

男はなおも言い募りたそうにしていたが、そこに、彼とは対照的な、見るからにチャラいイケメンがやってきた。チャラ男は陰気な彼に、「よお」と声をかけた。

それを潮時に、錦戸は「では私はこれで」と言い、鋼太郎をチラッと見てその場を立ち去った。

「おいヨーイチ、なんなの、あいつ？」

派手な色柄のTシャツに、明るい色に染めた髪の毛をオールバックにしてヘアバンドで留め、耳にはピアスをぎっしりつけたチャラ男が訊いた。

「誰か知らないけど、あの女を追い払ってくれた」

「あの女？　ああ、お前の部屋の上の階に住んでるっていう例の地味ブスな」

そう言いながらチャラ男は、鋼太郎が抗議文書を貼りまくった車に近づいた。

「なんだこれは！　誰がこんなことしやがった！」

チャラ男が叫び、「駐車するな」の貼り紙を手荒く引っぺがしたところで、鋼太郎と目が合った。

「なんだよおっさん。これ、アンタの仕業かよ」

鋼太郎は「ここは駐車禁止だ！」と怒鳴りつけてやろうと思ったが、Ｔシャツ越しにもわかるマッチョな筋肉に、一瞬、腰が引けてしまった。

「ンだよう。どこのクソ野郎がおれの車にこんなことしやがったんだ」

チャラ男は手早く数枚の貼り紙を引き剝がすとクルマのドアを開け、陰気な男に声をかけた。

「ヨーイチ、お前も乗らね？　学校寄ってちょっと走ろうぜ」

チャラ男のなめた態度に鋼太郎が何も言えず、怒りで手を震わせている間に、陰気な男を乗せたチャラ男はＢＭＷのエンジンをかけてぶおんと吹かすと、タイヤをきしませて急発進して行った。

クルマが走り去った方向には、最近出来た新設の大学がある。

昔は石鹸や化粧品を作る大きな工場があった場所に、区の誘致活動が成功して「大東京経営福祉大学」という聞いたこともない名前の大学が誕生した。

アカデミックな雰囲気皆無な墨井区を変えようと張り切った区長が、補助金に工場跡地の格安提供そのほか、特例を連発して誘致した大学だ。

入学試験で名前を書けば合格と噂されるような、偏差値最下位の新設大学だけに学生のレベルは推して知るべしと、当初区民は「無軌道な若者」の出現を危ぶんでいた。だがそれは幸いにも杞憂(きゆう)に終わった。

今の学生は、概して真面目だ。礼儀も正しい。常識を重んじて社会的ルールは守る。

ただし、どのような集団であれ、例外はある。今のチャラ男みたいな金持ちのボンボンの、ボンクラ馬鹿野郎はいつの世にも存在するのだ。

鋼太郎はその「大東京経営福祉大学」のキャンパスに向かって歩いた。何棟もの大きな校舎が建つ中で、学生食堂は近隣住民にも開放されている。ちょうど昼どきでもあり、安くて美味しいと評判なので、ちょっと味見してみようかと思ったのだ。

が。

案の定というかなんというか、校門のところで例のＢＭＷはガードマンに止められていた。「駐車禁止」の貼り紙が、ボディや屋根にベタベタ残っているのを問題視されたようだ。

やはりあのチャラ男は、ここの学生だったのか。

鋼太郎は腑に落ちて、離れたところからチャラ男とガードマンのやりとりを眺めた。

「いやこれ、おれが貼ったんじゃないから」

「駐車禁止のところにクルマを駐めたからこうなったんじゃないの？　学校の評判を落とすようなことはやめてよね。ただでさえいろいろ苦情が来てるんだから」

「うるせえなあ。中で剝がすから、通せよ！」

チャラ男がガードマンに偉そうな口を利いているところに、キャンパスから若い女が走ってきた。さっきの「二四時間ドスドス女」とは別人だが、これも地味で、冴えないタイプだ。

「ねえちょっと。私が貸したお金、返してよ！」

「は？　知らねーよ。あれはお前が頼むから使ってくださいって、渡してきたんじゃねーか」

「何言ってるの!?」

女は怒りの表情を見せた。

「一緒にカフェで御飯食べて、あんたが財布忘れてきたって言うから……貸してくれ、お釣りも貸してくれって」

「お前もサンザン飲み食いしたろーが。お釣りなんてあんなハシタ金、とっくに使っちまってもうねーよ」

チャラ男は口元をひん曲げ、嘲笑しながら言い返した。

「あとよ、一晩付き合ったくらいで彼女ヅラしてんじゃねえよ！」

「ひどい！　とにかくお金は返して。アンタの親は大金持ちなんでしょ？　米国株やって年に一〇〇万ドルは稼ぐ凄い人なんでしょ？　だったらすぐ返せるでしょうが！」

「うっせーよ。儲けは再投資してるから現金はねえんだよ。諦めろ」

「やだ諦めない。返して！」

彼女はＢＭＷのドアを蹴った。

「馬鹿！　おれの車を蹴るな。凹んだら弁償させるぞ。あ？」

口調はもうチンピラだ。

「親の金がどうのって、そんなのお前にカンケーネーだろ！」

「あのお金がないと今月分の家賃が払えないのよ！」

「そんなギリギリなのに、金なんか貸しててんじゃネーよ、馬鹿！」

「貸すつもりなんかなかった。支払いの時に財布がないと言い出したのアンタでしょ！　エラそうにするな！」

　彼女は泣き出して、なおもドアを蹴り続けた。

「家賃が払えないと、無駄遣いしてるって親に怒られて田舎に連れ戻されるのよ！　だから、頼むから返してよ！」

　地味な女子大生は必死で訴えている。

　ガードマンも気の毒そうに、「ちょっと君」と仲裁しかけたが、「うるせえよ」とチャラ男は聞く耳を持たない。

「だいたいてめーみたいなブスはド田舎が似合ってるんだよ！　都会から消えろ。それか、どうしても金がいるんなら、ブスはブスなりに稼げる場所がある。紹介してやるよ」

　チャラ男はそう怒鳴ると、彼女を振り切って車を出した。

　ちょっとあんまりじゃない！　と泣き叫びながら彼女はクルマを追いかけたが……途中で諦めて立ちすくんだ。

鋼太郎は、つくづく胸糞が悪くなった。あのチャラ男が駐車違反の犯人だったことに加えて、他人事ながら女性への仕打ちにも腹が立った。

いっそ私人逮捕してやろうか、とも思ったが、その要件を満たさないことは判っている。

学食を味見する気も失せて、鋼太郎は自分の整骨院に戻った。

＊

数日後。

鋼太郎が居酒屋「クスノキ」で飲んでいると、フラリと錦戸がやってきた。

「やあ警部殿。民情視察ですか？」

錦戸はそのイヤミを軽く受け流した。もしかするとイヤミと判っていないのかもしれない。

「だから、私は普段からこういう、安くて汚いけど美味しいお店で酒を飲むんです。ああ結構。自分の飲み代は自分で払いますから」

錦戸は奢るとも言われていないのに勝手に爽やかに断ると、ハイボールと手羽先を注文した。

「あいよ、汚いが余計だけどな」

大将はカウンター越しにハイボールのトールグラスを手渡した。

中腰になって受け取った錦戸は、そこで視界の隅にいる人影に気がついた。

「例の、陰気な男がいますね」

鋼太郎は黙って頷いた。

「警部殿はあの男、二四時間ドスドス女と言い争ってた、陰気な男は知ってるけど、その友人のチャラ男は知らないでしょ？　二人揃って飲んでますな」

「なんです？　その二四時間ドスドス女とチャラ男って……ああ、マンションの床を二四時間踏みならしてるという女性と」

錦戸はチラと男子大学生二人のテーブルに視線を走らせた。

「右側に座っているのが騒音にクレームをつけていた男で、その向かいにいる派手で軽薄そうな男が、その友人ということですね？」

鋼太郎は頷いた。

「あの二人は、最近出来た『大東京経営福祉大学』の学生です」

「知ってます。偏差値三〇の、Fラン大学としても最下位の。Fランというのはフェイル……ダメとか失格という意味ではなく、偏差値ランクのAから順番に数えて六つ目であることを示しています。誰でも入れる『フリー』のFっていうヒトもいます」

「要するに最下層って事ですな」

「そうですが、偏差値が最下層だからといってダメ人間の集まりという意味ではありません。それが証拠に、いくつかの有名な芸術系の大学も、何故かこのランクに入っています。学生は玉石混交(ぎょくせきこんこう)。真面目だが要領が悪いタイプと、勉強する気ゼロの、いい加減な学生が入り交じっているようですね」

「まあ、東大出のアンタからすれば、どこの大学も馬鹿に見えるんだろうけど」

「そんなこと、一言も言ってませんが」

鋼太郎が言い返そうと口を開いた時、錦戸はしっと口に指を当て、視線で男子大学生二人のテーブルを指し示した。

大人二人は学生二人組の会話に耳をそばだてた。

「おれ、最近よく眠れなくて。マジで困ってるんだ。バイトは……いつ携帯に連絡が入るかわからないから気が抜けないいし、授業の課題もけっこう大変だし……おまけに天井からずーっとドスドスいう音が響いてきて、眠れないし勉強にも集中できないし、本当に参ってるんだ」

「ったく……お前は真面目だからなあ。課題なんか適当でいいんだよ。どうせバカ大学のバカ学生だって先生も思ってるから、名前だけ書いときゃ何とかなるんじゃねえの？」

二人の学生の間に上下関係があるのは話を聞いているだけで判る。ナルシストとおぼしいチャラ男が、しきりに陰気で真面目な方をあおっている。

「上に住んでる女がうるさいっつってたよな？　地味ブスなんだって？　え？　画像撮った？　見せろよ？　うわ何これ、マジ地味ブスじゃん！　ウケる〜」

それを聞いた鋼太郎は眉をひそめて「そんなにブスブス言われるほど不細工じゃなかったよ」と呟き、錦戸も頷いた。

「たしかに今どき珍しいほど地味ではありましたが、あれはごく普通の女性でした。そもそも人の外見をあれこれ言うのは品性を疑いますね」

「そうだよな。あんなのが大学生だっていうんだから世も末だよ。日本の将来は大丈夫なのかな」

離れた席で、二人の学生は話を続けている。

「その女、ぜってーお前に気がある。お前の気を惹こうとして、わざとうるさくしているんだ。違いない。絶対にそうだ」

チャラ男は根拠もなく断言した。

「けど、その女ムカつくよな」

「だろ？」

と真面目な方も応じた。

黙って聞いていた鋼太郎は、錦戸に向き直った。

「チャラ男はともかく、真面目な方のそもそもの言い分ですが、警部殿はどう思います？」

「どう思います、とは？　……あ、すみません。空芯菜炒めもお願いします」

錦戸は大将に新たなオーダーを出しながら訊き返した。

「だからそもそも二四時間、四六時中床を踏みならしてるなんてことが、あり得るのか、って話ですよ」

ふむ、と言いつつ向き直った錦戸に、鋼太郎はなおも言い募った。

「だったら彼女はいつ寝てるんですか？　二四時間在宅なんですか？　学校か仕事かは知りませんが、出かける用事はあるでしょう。買い物に行く時間だって必要だ。なのに二四時間ドスドスやってる？　警部殿は、階下に住んでるあの男に同情的なようだが、むしろあの男の方が精神を病んで、幻聴だったり、幻覚を見ているんじゃないですか？」

「そうですね。こういう場合、一般的には女性が同情されがちです。弱い立場の女性が勇気を出して声を上げたんだから、被害者に違いない、と思ってしまうのですが……一概にそうとばかりは言えません」

　錦戸は鋼太郎を見て、ニヤリと笑った。

「榊さんは女性に甘いからこの件も彼女の肩を持つのでしょうけど……警察にいると、いろんな事件を扱いますので……女性不信、いや人間不信になりますよ」

「それじゃあ警部殿は、彼女が実際に二四時間、床をドスドスやっていると？」

「その可能性も否定できません。二四時間というのは誇張が入っている可能性もありますが、ドスドスやってること自体は間違いないのではないかと。たとえばトレーニング機器のようなものを悪用して……床をドスドス出来るマシンとか……ありそうじゃないですか」

「なんのために？　彼女は心底困っていたじゃないですか。あの男に文句を言われることを……筋が通りませんよ」

鋼太郎にそう言われても、錦戸は考えを変えない。

「たとえば誰かに文句を言われる、クレームをつけられるのが好きな性癖の持ち主かもしれません。もしくは異性を困らせて喜ぶタイプとか」

「それじゃあ性格異常者じゃないですか！」

思わず声が大きくなった鋼太郎は、慌てて手を口に当てた。

「その可能性についても現時点で否定する材料はありません。あのチャラ男が指摘したように」

「……しかし、逆に、男の方が彼女に接近しようとして言いがかりをつけたり、わざと天井をドンドンやってたりする可能性についてはどうなんです？」

鋼太郎がそう言って錦戸に迫ったとき、「どーもー。こんばんは！」と、二人の間に突然、小牧ちゃんが割り込んだ。

「小耳に挟んだだけでもヤバみ満載だよね、あの二人」

小牧ちゃんは離れたテーブルにいる学生二人をチラッと見た。

「どうした、急に」

驚く鋼太郎に、小牧ちゃんはてへっと舌を出した。

「さっきからアタシもこの店にいたんですけど、気がつきませんでした？　あの学生の話をずっと盗み聞きしてて、ナニアレ？　って」

　小牧ちゃんはまた、男子大学生の二人組を見た。

「あのチャラ男は、アタシと同じマンションに住んでるんです。金持ちの息子らしくて、近所に屋根付きのガレージを借りて、クルマを置いてるらしくて」

「だったらウチの前に無断駐車してたのがアイツだって、すぐに判りそうなもんじゃないか！」

　どうして教えてくれなかったんだ、と鋼太郎は文句を言った。

「だってアタシ、あいつがどんなクルマに乗ってるかまでは知らないもん。んで、あいつ、部屋に友達呼んで大騒ぎしたりゴミ出しのマナーがメチャクチャだったりで、住人の顰蹙（ひんしゅく）を買ってます。管理会社に文句を言いに行ったこともあるんですけど、その都度マアマアと言われるばかりで」

「彼に直接注意はしないんですか？」

　錦戸は聞いた。

「何度かしたけど、ハイハイとなめた態度の生返事で、まったく改善されなくて。アタシよりずっと怒ってて、大学の学生課にチクってやる！　って息巻いている住人もいるんです」

ふうむ、と錦戸が腕を組み、鋼太郎も真似をした。錦戸は本当に何かを考え込んでいるようだが、鋼太郎は格好だけだ。酒が旨(うま)い、もっと飲みたい、以外のことは考えていない。

「今、西久保ハイツって名称が出ましたが」

と、知らない若い男が会話の輪に入ってきた。かなり整った顔立ちの、髪を七三に分けた、スーツが似合うナイスガイだ。

「あんた、誰？」

鋼太郎が訊くと、「アタシの彼氏です」と小牧ちゃんが紹介した。

「ハナホームの落合(おちあい)と申します」

その若い男は名刺を出した。

「不動産の仲介をやっております」

「アタシが引っ越した時にお世話になって知り合って、お付き合いするようになって」

「わしゃ聞いとらん」

鋼太郎が父親のようなことを言いだした。

「ま、プライベートということでひとつ……ところで」

落合と名乗った彼は、ここ、いいですか、と鋼太郎の隣に座り、カウンターに肘を置き、身を乗り出すようにして話し始めた。

「問題の西久保ハイツですけど」

「なんだそれ。小牧ちゃんが住んでるマンションのことか？」

鋼太郎が不機嫌そうに言った。

「いえ、今、あそこの二人組が口にしたんです。西久保ハイツって物件名を」

「ああ、それなら、あの彼女の住まいです。二四時間床ドスドスの」

警察で話を聞いた時の書類に住所が記入されていましたので、と錦戸は答えた。

「で？　その西久保ハイツが何か？」

「私、不動産業という仕事柄、『大島てる』はしょっちゅう見てるんですが」

落合はそう言って付け足した。

「『大島てる』というのは、事故物件のデータベースです」

「有名ですよね」

と錦戸も頷いた。

「そこにその西久保ハイツが載ってるんですよ。事故物件として。過去にいろいろあったということで」

「どんなことが？」

「それはまあ自殺とか、孤独死とか……とりあえず火焔マークがたくさん、ということで『西久保ハイツ』の名前は覚えていました」

そう言う落合に、錦戸は、ふむ、と答え、離れた席で声を潜めて喋っている二人の学生をチラ見してから言い切った。

「私思うに、騒音に抗議している側も、されている側も、どっちもどっちのイタい人たちとしか思えませんね。それに警察は基本民事不介入です。当事者同士で話し合って解決していただくしかありません」

こいつはやっぱり冷たい野郎だ、と鋼太郎は腹を立てた。

「しかし警部殿。あの女性は心底困ってたじゃないか。どう考えても、あの男の言い分の方がおかしいぞ。あんた、やっぱり血も涙もないな」

「なんと言われようと結構です。お気持ちで仕事をするわけにはいかないのでね」

「しかしだな、あんたにしたって事件が起こらない方がいいだろ？　事件が起きるのを、未然に防いでこその警察じゃないのか？　医者だって、病気にならないように予防しろというじゃないか」

「予防って……何をしろと？」

「だから、民事不介入とか言って仕事をサボるなって事だよ！　何かあると判ってるんだから、積極的に介入しなさいよ！」

そう言われた錦戸は、ヤレヤレという表情で肩をすくめたが、一瞬、その表情に何かがよぎり、目つきが鋭くなったのを鋼太郎は見逃さなかった。

「警部殿、なにか思い付きましたか？」

そう訊かれた錦戸は、「いやまあ」と言葉を濁してハイボールを口にした。

＊

翌日の夜。

警察署での勤務を終えた錦戸は、個人的に調べている案件があるので、ホームセンターに足を向けた。ここの駐車場が、ある犯罪に利用されているという情報を非公式に入手していたので、一度現場を見ておこうと思ったのだ。

墨井署の管内に「ホームセンター」と言える品揃えがある店は一つしかない。駅周辺の繁華街から離れた、幹線道路沿いに立地している。ここで買い物をすると荷物が大きくなるから、みんな車で来ると想定しての出店なのだろう。

駐車場にとまっている車はさほど多くはない。だが、錦戸が探している「クリーム色の軽自動車」に該当する車両は見当たらなかった。では帰ろうか、と踵を返しかけたところで、自宅マンションのシャワーヘッドが駄目になりつつあることを思い出した。近いうちに交換する必要がある。せっかくホームセンターまで来たのだから、この際調達してしまおう。そう思った錦戸は店内に入った。

錦戸はバスで来たから、衝動買いで丈のある観葉植物や家具は買えない。しかし、いろいろ細々（こまごま）したものを見て歩くのは楽しい。鋼太郎のような年配者の言うところによれば、昔は理系男子が秋葉原のパーツ屋の虜（とりこ）になったそうだが、たぶんこういう種類の楽しさなのだろう、と錦戸は思った。

各種シャワーヘッドを吟味して、結局、一番安いものを選んだが、せっかく来たのにそれだけで帰るのも物足りない。

錦戸は店内を逍遥した。不要だけど便利そうな電動ドライバーや暗視ゴーグル、折り畳みノコギリなどが気になってはつい手を伸ばし、また元に戻すと言うことを繰り返していると……聞き覚えのある声が聞こえてきた。

警察官として、あらぬ方向を向いてはいるが視界の隅で捉えたモノ、また耳に入ってくる音声に、常に注意を払うテクニックは身についている。錦戸のようなキャリア組でも、警察官としての基礎は叩き込まれるのだ。

視界の隅で捉えた声の主は、例の男子大学生二人組だった。

陰気な方とチャラ男は、いずれもニヤニヤと締まりのない笑みを浮かべながら、なにやら商品を選んでいる。

「これじゃ高さが足りないだろ」

「こっちはイケると思うけど重そうだな。ヘビーデューティー過ぎるか」

そう言いあってはケタケタと笑っている。

何がそんなに面白いのか？　大学生にもなって、ガキみたいに楽しそうに選ぶ品物ってなんだ？

錦戸は一瞬だがモロに視線を二人に向けた。そして、二人が何を吟味しているのかを確認すると、その品物の用途を推察して戦慄(せんりつ)した。

彼らは、折り畳み式の脚立(きゃたつ)を選んでいたのだ。

その時。商品棚に身を隠して二人を観察していた錦戸のスマホが震えた。

こんな時に、と舌打ちしつつスマホの画面を見ると、入電したのは、部下からの緊急連絡だった。

「課長。例の件、動きが出ました。至急署に戻ってください」

*

急いで墨井署に戻った錦戸に、生活安全課の刑事たちが報告した。

「粕谷(かすや)がゲロしかけてます。半落ち一歩手前です」

「ショッピングセンター『墨井マーケットストリート』、略してマケスで身柄を拘束した、墨花会の連中による違法薬物密売の件だな？」

「はい。粕谷次郎たちを追及して、密売の場所や売人についてほのめかす供述が得られました。ただ決定的な情報は出し惜しんでいるようです。こっちの出方をうかがってるみたいで」

「ここは私の出番のようだな」

錦戸はキリッとした顔で頷いた。

「判った。私が取り調べよう」

取調室の前で大きく深呼吸をした錦戸は、ガタンと乱暴にドアを開けて中に入り、中にいた刑事二人に「ちょっと外してくれないか」と言って、交代した。

「逮捕したとき以来だね、粕谷さん」

そう言いながら墨花会組員の粕谷の前に座った。

粕谷は「マケス」の前で逃げようとしたときに車にはねられて、右腕と右足を骨折していた。包帯で吊られた右腕が痛々しい。足にも包帯が巻かれている。

その時の記憶が蘇(よみがえ)ったのか、錦戸を見た粕谷は青ざめ、挙動不審になった。

「どうしました？　怖がらなくてもいいですよ。ところで私、昨日、ビデオで昔の映画を見ました。『県警対組織暴力』って作品なんですが、知ってますか？」

馬鹿丁寧な口調の錦戸は、そう言いながら机の下の粕谷の足をぎゅっと踏んづけた。粕谷の足は包帯を巻かれた上にサンダル履きだ。

「痛ってぇよ！」

何しやがる！　と粕谷は一瞬スゴんだが、自分の立場を思い出したのか、すぐに大人しくなった。

「あ、申し訳ない。足もいためてたんですね。ほら私は、脚が長いものだから、つい。まあ、あの映画を見たからって、あなたを墨井署の道場に連れて行って柔道の乱取りの相手にしたりはしないし、何度も背負い投げを食らわせたりはしないので、粕谷さんは安心していいですよ」

そう言いながら錦戸は相変わらず足を踏んづけたまま、粕谷にキスが出来そうなほど顔を近づけた。

「粕谷さん、部下から聞いたところによると、供述を出し惜しんでいるそうですね？　え？　警察相手に駆け引きしようたぁいい度胸してるじゃないの。とか言ったりして」

そう言ってなおもぐりぐりと踏む足に力を入れた。

「あなた方がヤクを密売してるのはもう判ってるんですよ、粕谷さん。あなたのルートもほぼ判明しています。他の連中がゲロってくれましたから。え？　なんですか？　いいこと教えるから罪を軽くしてくれって？」

痛みに顔を歪めながら粕谷は答えた。

「まあ、そういうことだ。ウチがやってるクスリのシノギは、仲卸に訳のわかんねえヤツが入っててほとんど旨味がねえ。だからおれらは別の方向にフォーカスしようとしてるんで、そっちに目をつぶってくれりゃあ……」

「フォーカス？　なかなかビジネス的な言葉を使いますねえ、粕谷さん」

取調室には記録カメラがついているが、机の下の様子は写らない。

錦戸は踏みつける足にさらに力を込めた。粕谷は脂汗を流して耐えている。

「別の方向とは墨花会のセックス産業系のことでしょうか？　デリバリーの。お酒やおつまみと一緒に美女も配達という業態ですね。まあ、その辺の融通はきかせますよ。おたくの業界では、ライバル同士が密告し合って、相手の商売の邪魔をするのが常態のようですが、墨花会のライバル、台東会からのチクリは、当分、無視しましょう。それでどうです？」

「確約が欲しいね」

当然ながら、ヤクザもバカではないから取引には慎重だ。

「あなた、ご自分の立場を判ってます？　まさか、公正証書にしろとでも言うつもりですか？」

　ほどなく錦戸は取調室から出てきた。晴れ晴れとした表情で生活安全課の面々に告げた。

「粕谷は洗いざらい自白しました。まず、急な話ですが、今夜二三時、墨井区町場の房州街道沿いにあるメキシカン・ファミレス『ムーチョス』駐車場にて非合法薬物の受け渡しの約束がある事が判明しました」

　おお、と生活安全課にどよめきが広がった。

「課長、さすがですね。『落としの錦戸』ってホントだったんですね」

　まさかと思っていましたが、と古参の刑事・丹波が目を丸くした。

「売人の人着は？」

「墨花会ルートの売人は女。耳の大きいキツネ顔。タマヨと名乗っています。まさか名字が丸川ってことはないでしょう。いつもダイハツのコペン二〇一六年式の中古、クリーム色のカブリオレ、いわゆるコンバーチブルに乗っているそうです」

　錦戸はそう言うと破顔した。

「粕谷が言うにはですね、タマヨは昔はちょっといい女だったろうって感じの熟女で細身、狡そうなキツネ顔で耳が大きくて、動物なら砂漠かなんかにいそうな感じであると。本人がタマヨって名乗ってるのは、たぶんオリンピック大臣に似てると自分でも思ってるからじゃないかな、とのことです」

笑うに笑えない、微妙な空気が生活安全課内に流れた。

「ところで、車のコペンって、あの目の丸い、小さくて可愛いヤツですか？」

丹波刑事が質問した。

「郊外のオシャレな住宅街に住んでる、若い母親が乗っているような車ですよね。ヤクの売人がどうしてまた、そんな車に？」

そう言って首を傾げる丹波に錦戸は答えた。

「薬物もユーザーの裾野が広がっているんですよ。いかにもという者ばかりではありません。クスリをたしなむ富裕層も増えています。芸能人が時々挙げられるでしょう？　彼らも逮捕までは、そうだと悟られることなく日常生活は送っているわけです。そういう客が、昔ながらの、見るからに反社な売人からクスリを買うことはありません」

丹波刑事はなるほどね、と納得した。

「では行きましょうか。今は八時ですね。充分、間に合います。今回は私自らが現場に向かい、直接指揮を執ります」

颯爽と宣言する錦戸に、墨井署生活安全課の面々は結束を誓い、違法薬物売買の現場を押さえるべく、受け渡し場所に予定されているファミレスの駐車場へと向かった。

駐車場は、ファミレスが入るビルの地下にあった。ここならコンビニや、他のファミレスの地上駐車場よりもいっそう人目に付かないし適度に出入りがあるから、さほど目立たない。

生活安全課員は三台の捜査車両に分乗し、一台は駐車場内部で、錦戸の乗ったもう一台は駐車場前の路上で、もう一台は付近を周回して、ターゲットの車両が来るのを待った。

二三時ジャスト。果たしてクリーム色のコペンが「ムーチョス」の前に現れた。

「該当する車両を視認。これから地下駐車場に入る」

錦戸は駐車場の中にいる捜査車両に連絡した。

錦戸の乗った捜査車両は少し間を置いて駐車場に入り、コペンの斜め後ろに駐車した。

「品川＊＊－＊＊＊＊か。ナンバー照会を」

錦戸の指示で、部下の刑事が警察無線を取った。

「墨井1から123、どうぞ」

『こちら１２３』

照会センターが応答する。

「Ｕ号照会（車両所有者照会）をお願いします。品川＊＊－＊＊＊＊クリーム色のダイハツ・コペン」

『了解墨井１』

通信が終わると錦戸は他の捜査車両に無線を飛ばした。

「こちら墨井1、錦戸。墨井2、墨井3どうぞ。当該車両に対して絶好の位置をキープした。ビデオによる録画も続行中」

錦戸はほかの捜査員に念を押した。

「私が合図するまで待て」

地上の道路を周回しているもう一台が、駐車場の地上出入口付近で待機状態になったことを知らせてきた。

錦戸の車の記録用ビデオは望遠を最大にしてコペンの車内を撮っている。

運転席に乗っているのは、事前情報のとおり女性のようだ。

『こちら墨井3、原付二輪が地下駐車場に進入』

外で待機している車両から無線が入ると同時に原付バイクが傾斜路を下ってきた。

バイク専用のスペースを無視した原付は、コペンのすぐそばに原付を駐めた。ライダーはヘルメットを被ったままクリーム色の軽自動車に近づき、ドアを開けて助手席に滑り込んだ。

ビデオの液晶モニターには、運転席の女とヘルメットの人物が車内でやり取りをする様子が映し出されている。

その時、警察無線の呼び出し音が鳴った。

「こちら１２３。墨井１どうぞ」

「こちら墨井１」

「ダイハツ・コペン、品川＊＊－＊＊＊＊の所有者判明。所有者は、武井賢一郎。住所、東京都練馬区貫井……」

その時、画像モニターには、売人の女が自分の服のポケットから封筒を取り出し、ヘルメットの人物に渡す行為が、ハッキリと映った。

「よし。受け渡した。二三時三分、開始！」

錦戸の号令で、二台の捜査車両から合計六人の刑事が飛び出してコペンを包囲した。

慌てて助手席から飛び出したヘルメットにライダースーツの人物は、バイクを置き去りにして逃げようとしたが、刑事に取り押さえられ、ポケットから封筒を抜き取られた。

「二三時四分、被疑者及び証拠物件を確保！」

刑事の声が地下駐車場に響いた。

地上で待機していた車両は、客か売人が逃げ出すのを捕らえるために待機していたが、その役目も必要がなくなり、駐車場に入ってきた。

ヘルメットの客は、その車両に押し込まれた。ヘルメットを取らせると、若い女であることが判った。

客の女の身元照会は捜査員に任せて、錦戸はコペンに乗る売人の身柄確保に向かった。

「見ての通り、車は包囲した。諦めて出てきなさい」

錦戸が声を張り上げると、少し間があって、コペンのドアが開き、女が降りてきた。

「非合法薬物の売人、通称タマヨだな？」

女はそっぽを向いた。錦戸が手にした懐中電灯で顔を照らすと、女はもはや若くはないが、たしかに「昔はちょっといい女だったろう」と思わせる雰囲気がある。人品卑しからず。だが、痩せすぎている身体つきは、薬物の常用によるものかもしれない。

錦戸は「タマヨ」に手錠をかけた。

「二三時五分、マル被を非合法薬物頒布容疑の現行犯で逮捕。詳しい事は署でお聞きします。いいですね？」

売人の女は引きつった顔で錦戸を睨みつけた。

丹波刑事が車内を捜索して、女のバッグを取り、中を探って免許証を取り出した。

「木村奈保子。現住所、埼玉県八潮市瀬川町九二」

丹波刑事は免許証の写真と、今捕えた売人の女を見比べて、免許証を錦戸に渡した。

「あなたは木村奈保子、で間違いないね？」

女は黙って頷いた。

女性刑事が、木村奈保子のボディチェックをしてから捜査車両に乗せ、身柄を墨井署に移した。

「普通の女、でしたね」

後に残った錦戸に、古株の丹波がつぶやいた。

「昔はちょっといい女だったろうって感じの熟女で細身、狡そうなキツネ顔で耳が大きくて、砂漠かなんかにいそうな感じ。たしかに粕谷の言うとおりでしたな。いわゆる売人のイメージじゃない」

「女性を含む一般市民にも薬物は広まってきているってことだねえ」

錦戸はそう言いながら鑑識を待ち、現場に残った数人が状況を記録したりバイクやコペンの車両移動の手配などをしていると……捜査員の一人が声を上げた。

「売人の身元が分かりました。免許証の通り、木村奈保子、五四歳。現住所、八潮市瀬川町九二。このコペンの所有者の身元についても、照会中です」

「この車の所有者が、薬物の仲卸だったりしないかな？」

錦戸は頭を巡らせた。直当たりするなら早いほうがいい。

「行くか」

どこへです？　と丹波刑事が訊いた。

「この車の持ち主の、武井賢一郎のところだよ！」

錦戸や丹波刑事たちは、練馬区貫井の武井宅に急行した。もちろん事前連絡なしの直撃だ。

武井宅は、閑静な住宅街の一角にあって、門構えも立派なそこそこ豪邸だ。

表札は武井と、同居家族らしい別の名字との連名になっている。名字が違うのは、娘夫婦との同居なのだろう。

表札を見てかすかな引っかかりを感じた錦戸だが、それが何か判らぬまま、武井邸を外から観察した。

ガレージには車が二台。黒いメルセデスと、もう一台。こちらは、家の立派さとはおよそ不釣り合いな、ボロボロの中古軽自動車だ。ポンコツの軽には、これも車とは不釣り合いな、真新しいチャイルドシートがセットされている。

丹波と顔を見合わせつつ、錦戸がインターフォンを押すと、若い女の声で応答があった。

「はい。どちら様ですか」

「警視庁墨井署のものです。夜分に恐れ入りますが。武井賢一郎さんはおられますか？」

「父ですか？　はい、在宅しています。どうぞ」

かちりと音がして門のロックが外れ、錦戸たちは家の中に入った。

「どういうご用件かな？」

大企業の重役のような押し出しの良い初老の男は「私が武井賢一郎です」と名乗り、応接室のソファに座った。ナイトガウンがよく似合うのは、なんだか一昔前の映画に登場する、絵に描いたようなブルジョワ階級そのままだ。

深夜の、しかも突然の訪問にもかかわらず、武井賢一郎は一応の礼儀を保って錦戸たちに応対した。しかしそれも、錦戸がクリーム色のコペンについて問い質すまでのことだった。

「武井さんの名義のコペンですが……薬物取引に使われた疑いがあります」

それを聞いた瞬間、賢一郎は激怒して、「サヨコ！」と怒鳴った。

さきほど錦戸たちを案内した若い女性が、赤ん坊を抱いて出てきた。まだ新米の、若いママという感じだ。

「幸代子。私が買ってやったあの車、本当はどうしたんだ？　困っている友達に貸したと言っていたが、なにやら犯罪に……薬物の取引に使われていたそうだぞ？　一体どういうことだ？」

恐ろしい形相で問い詰める賢一郎に、若い幸代子は泣き出した。

「ごめんなさいパパ。どうしても言えなかったの……。私だってすごく嫌だったし、辛かったの。でも、パパとあの人は仲が悪いから」

「当たり前だ！　アイツとお前の結婚に私は最初から反対だった。バツイチ子持ちの男の後妻にするためにお前を育てたのではない！」

そこまで言った賢一郎は、錦戸に向かって説明した。

「もうお判りかもしれないが、これが私の一人娘の幸代子です。まあこういう事情で何年か前に結婚して、子供を授かったばかりだ。私はこの結婚には大反対だったんだが……娘に押し切られる形で」

「幸代子さんのご主人は、今どちらに？」

錦戸が訊いた。時間はすでに午前零時を回っている。

「すみません。主人はオーストラリアに出張中です……」

次の言葉を待っている錦戸たちを意識した幸代子は、自分の父親をチラチラ見ながら、話しにくそうに切り出した。

「あの人の……夫の前の奥さんが突然やってきて。養育費の支払が滞っているって、それはもう大変な剣幕で。払ってもらえるまで奥さんが乗ってきた中古の軽と交換で、新車のコペンを借りてゆくって……そのまま」

そう言った幸代子は、ふたたび泣き出した。

父親の賢一郎は、苦虫を嚙み潰したような顔で、言った。

「そういう事情です、刑事さん。娘も私も、薬物なんぞには一切、関わっておりません。娘の連れ合いの、別れた女房がすべて悪いんです」

そう言った賢一郎は、がっくりと肩を落とした。

「男を見る目のない娘で面目ない。だが、親ってものは愚かなものでしてな。娘に泣いて頼まれると……ついつい言うことを聞いてしまう。養育費の支払がきつくて車も買えないと言われれば、可哀想になってローンを組んでしまうし、住むところもない、安アパートが精一杯だと言われれば、リフォームして二世帯住宅にしてしまうし……それにしても、あいつは……」

賢一郎は再び怒りを爆発させた。あの春日くんは情けないやつだ。別れた女房ひとりコントロールできないとは、なんたることだ！　と。

怒気を含んだ父親の声に娘はますますしゃくりあげ、赤ん坊までがフルパワーで泣き出した。

深夜の阿鼻叫喚だ。

しかし、赤ん坊が全力で泣き出した途端に、賢一郎は豹変した。

「おーよしよし、あかねチャン、あかねチャンは可哀想でちゅねー、バカなパパとママを持ってしまって。でもね、あかねチャンは泣いたらダメでちゅよー」

と、人が変わったような猫撫で声で赤ん坊をあやし始めてしまった。

要するに、孫が可愛いので、不甲斐ない再婚相手の男に出て行けとも言えず、自分の娘に当たり散らしているが、同時に甘やかしてもいるのだ。

そんな事情が判ってきて辟易した錦戸と部下の丹波は、早々に退散することにした。

「事情は判りました。こんな時間に急にお邪魔してすみませんでした。またお話を伺うこともあるかもしれませんので、その時はよろしくお願いします」

*

その翌朝。

朝から患者が来なくて無聊をかこっていた鋼太郎は、ガラス戸越しに錦戸がやってくる姿を認めると、にわかに立ち上がって低周波治療機の整備を始めた。

「失礼します」

真っ直ぐやって来た錦戸は、そのまま入ってきた。

「お暇そうですね」

「こっちは忙しいんだ。患者がいない時に治療機器の整備をしておかねばならないし」

鋼太郎がそう言っている傍らで、受付の小牧ちゃんはスマホをいじりながらあくびをしている。

「そうですか。忙中閑ありということにしておきます」

一方的に決めつけた錦戸は治療台の脇にあるスツールに腰掛けた。

「昨夜、けっこうな大捕物がありましてね。明け方までその後処理に忙殺されていました」

「それはご苦労様」

鋼太郎がそれだけしか言わないので、錦戸は不満そうだ。

「それで終わりですか？　何があった？　とか、道理でお疲れのご様子で、とか言わないんですか？」

「訊いてもどうせ捜査の秘密とか言って教えてくれないくせに」

まあそうかもしれませんね、と錦戸は苦笑して話題を変えた。

「実はその前に……昨日の夜ですが、例の大学生二人組をホームセンターで見かけたんです。脚立を買っていました。まあそれからいろいろあったんですけどね」

「はぁ？」

鋼太郎は露骨に興味なさそうな態度を示した。

「だから脚立がなんだって言うんだ」

「鈍いですね、鋼太郎さん。判りませんか？」

錦戸はドヤ顔だ。

「あの連中ですよ？ あの連中が脚立を買うとすれば、用途はキマリでしょう！ マンションのベランダに立てかけて、上階に侵入しようとしているのに決まっています。侵入の目的は現段階で不明とは言え、とにかく上階の女性に危険が迫っている事は間違いないでしょう」

「なんでそうなる？」

「なんでってあなた。脚立は延ばせば梯子になるんですよ！」

「梯子？ 上階って……被害を訴えた、あの女性の部屋にか？」

そう言った鋼太郎は、いやいやいやいやいやと首を振った。

「まさか……いくらなんでも、そこまではしないだろう」

「じゃあなんのために脚立を買ったというのです?」

「部屋の模様替えとか……イヤその前に、必ずしも彼女のマンションでどうこうということではないかもしれないだろ。小牧ちゃんが住んでる方のマンションで使う用事があるのかもしれないし」

それを聞いた錦戸は呆れたように腕を組んだ。

「榊さん、あんたは甘い!」

錦戸は声を大にして鋼太郎を叱咤した。

「榊さんはイザという時、腰が引けてビビるタイプですね。一番役に立たない、口だけオヤジの典型だ!」

「なんだって?」

鋼太郎はいきり立った。

「おれを誰だと思ってるんだ!」

「柔道整復師で私人逮捕が趣味の榊鋼太郎さんでしょ?」

いやだから、と鋼太郎は錦戸に言った。

「おれは幾度となく見て見ぬフリが出来ずにお節介だと思いつつ、困った人に手を差し伸べて私人逮捕をしてきた人間だぞ。墨井署が表向き感謝しつつ内心迷惑がってることも知っている。おれが署に行くと、みんな露骨に嫌な顔をするからな。それはアンタも同じだ。そんなおれが、腰が引けてビビってるだと？　口だけオヤジだと？」

だんだん興奮してきて、最後は怒鳴り声になった。

「警部殿がそこまで言うのなら、なにか動かぬ証拠があるんでしょうな？」

「あります！　あるからこそ言ってるんです！　しかし同時にこれは、言うなれば論理的帰結でもあります。あの連中が胡散臭い笑みを浮かべて脚立を選んでいる。間違いなく犯罪を企図して、成功するであろう状況を予測しての笑みです。陰気な学生の上階に住む女性に危害を加えて支配欲を満足させようとする、男二人の歪んだ欲望の発露に違いないのです！」

ほほう、と鋼太郎が受けた。

「それは、錦戸警部の妄想ではないのですか？」

「いえ、あくまで論理的な帰結です」

錦戸はそう言い切り、治療室を歩き回りながら自説を滔々と述べた。

「状況から判断することも大切でしょう。この場合、あの女性……調書には飯島真知子と名前を記していますが。彼女は『大東京経営福祉大学』の学生ではなく、社会人です。錦糸町のデパートの契約社員です。二三歳」

「おいおい、それは捜査上の秘密なんじゃないのか？」

すらすら個人情報を口にするので鋼太郎の方が慌てた。

「この際、名前できちんと区別しないとややこしいでしょう？　飯島真知子の下の階に住んでるあの陰気な学生は春日洋一、一九歳。『大東京経営福祉大学』経済学部経済社会学科一年生。浪人していたようですね。その友人のチャラ男は羽島啓輔一九歳。同大学同学部同学科の二年生。二人ともイベントサークルに入っていて、そこで知り合ったようです」

「詳しいな。チャラ男は居酒屋で一度見たきりだろうに、よく調べたな」

「それについては……言いたいけれど今は言えないことがありまして」

錦戸は言葉を濁した。

「で、ですね、いろいろ煮詰まってきたので……私も本腰を入れたという訳で」

「あの二人は、何かやったの？」

「さあ……それは……いや、やっぱりまだ言えません」

鋼太郎は当然、納得しない。

「おかしいじゃないか。前科前歴もない大学生を、どうして警察がマークするんだ？　怪しい宗教とかネズミ講とか自己啓発セミナーとか海外投資とか、そういうことをやってあくどく儲けてる尻尾を、もしかして掴んでるんじゃないのか？」

「ですから捜査上の秘密は一般人には言えません」

錦戸は口をつぐんだ。

「よく言うよ！　たった今、三人の個人情報をベラベラ喋ったじゃないか！」

「察してくださいよ。チャラ男は見るからにいかがわしいでしょう？　学生のくせにいい車に乗ってるし、けっこう贅沢な生活をしてるようですし。陰キャの学生の方も、なんか病んでる感じがするし」

「まあ、チャラ男が住んでるマンションは普通ですけどね」

そこで小牧ちゃんが口を出した。

「部屋にカネをかけずに車や遊びにお金をかけてるのかも」

「ああ、小牧さんは羽島と同じマンションにお住まいでしたね」

錦戸は頷いた。

「まあ、最近は軽い気持ちで学生が犯罪に手を染めてしまうケースも多いですから」

その言葉に、鋼太郎と小牧ちゃんはますます好奇心をそそられた。やつらが手を染めているのは、一体どういう犯罪なんだ？

「ベクトルはすべて一つの方向を指し示しています。すなわち、飯島真知子にマイナスの感情を抱く男・春日が居る。具体的には足音などの騒音被害に対する復讐心です。その春日に協力的な男・羽島が居て、春日を『やっちゃえ！』と煽っている。そして春日と羽島はホームセンターで犯罪に利用出来る脚立を物色していた。最近の若者は軽い気持ちで『ちょっと脅かしてやろう』と思っているだけの場合でも、些細なキッカケから激昂して、容易に殺人などの凶悪犯罪にまで一気にエスカレートしてしまうケースが多々あるのです。いいですか、鋼太郎さん。この状況から予測できることとしては、繰り返しますが、飯島真知子に危険が迫っている、という可能性に他なりません！」

「それはまあ、すべてを悪い方に考えればそうなるとは思うけど……」

その時。ふと外を見た小牧ちゃんが「あ！」と叫んだ。

「噂をすれば影で、その飯島さんが来ましたよ！」

鋼太郎も外を見ると、本当に飯島真知子がこちらに向かって歩いてくるのが見えた。

鋼太郎は慌てた。今、錦戸を追い出すと玄関で彼女と顔を合わせてしまう。錦戸は彼女を説教して警察から追い返しているのだ。彼女が好感情を持っているはずがない。

「警部殿。あんた、奥に行って」

「え？」

「しばらく奥の部屋にいなさい。飯島さんが帰るまで」

「そんな……マオトコじゃあるまいし」

不謹慎なたとえを口にしつつ、それでも錦戸は鋼太郎に従って、施術室の奥、つまり、鋼太郎の自宅に入った。

「部屋のものを勝手に触らないでよ！」

「子供じゃないんだから触りませんよ」

そう言いながら錦戸がドアを閉めると同時に、飯島さんが整骨院のガラス戸を開けて入ってきた。エンジ色のスウェット上下というシャレっ気なしの格好だ。

「あの、予約とかしてないんですけど、いいでしょうか？」

彼女はおずおずと言った。

「こういうところ、初めてなんですが……」

「どうぞどうぞ。ヒマですから」

小牧ちゃんが迎え入れ、鋼太郎が治療ベッドに案内した。

「どうしました？」

入ってきた飯島真知子は中腰気味に恐る恐る歩いて、治療ベッドに腰掛けた。

「腰を痛めてしまって。なんか、ギックリ腰みたいで痛くて」

頷いた鋼太郎は彼女をうつぶせに寝かせて、腰椎を何ヵ所か押した。

「あ、痛い！」

「腰椎の五番……ちょっと触ります。嫌なところがあったら言ってください」

鋼太郎がツボを押すと、彼女は躰を海老反りにして、さらに痛がった。

「あ、そこ、痛い！　痛い痛い痛いっ！」

「たしかに腰痛ですね……」

鋼太郎は腰痛を引き起こした原因を探ろうと、あちこちの筋に圧迫を加えてみた。

「なるほど……これは筋肉の張りとか、重い物を持ったとか運動過多とかで起きた腰痛ではないですね。腰椎が圧迫されて、神経に炎症が起きている感じではない」

「腰痛はストレスで起きることが多いんです。胃が痛いとかお腹がくだるのも、精神的なプレッシャーが原因になる事がありますよね。緊張したとか我慢し過ぎたとか」

「たぶん……それです。思い当たることだらけで」

飯島真知子は、悩みを打ち明けはじめた。人は昔から理髪店で髪を切ってもらったりマッサージ師さんに揉んで貰っていると、いろいろ打ち明けたくなるものらしい。たぶん、体の緊張が解けると心もリラックスするからだろう。

「実は住んでるマンションでもめていて……音がうるさいって下の人に滅茶苦茶文句を言われて。だけど私は極力音を立てないようにしてるんです。忍び足で歩いてるし、洗い物も夜はしないようにしてます。テレビだってイヤホンで聴いているし……なのに、棒みたいなもので下からどんどん突き上げられて。そっちの方がうるさいと思うんですけど、相手は男の人だし、なんか目が据わってて気味が悪いんです」

「なるほど」

「と、言うと……」

「あなた、これはストレスですよ」

鋼太郎はズバリ、指摘した。

「だけど、こっちが我慢してると、イヤガラセがどんどんエスカレートして……。郵便受けにゴキブリの死骸が入ってるし、他の郵便受けには私を誹謗中傷するビラまで投げ込まれてるんです。私の名前と部屋番号を書いてあって、二四時間騒音を撒き散らすガ×キ×女！　とかの殴り書きが……」

「あの、気の弱そうな学生さんがねえ……そんなことまでするかね」

　鋼太郎は思わず溜息を漏らしてしまった。

「え？　先生がどうして知ってるんですか？」

　飯島真知子は振り返って鋼太郎を見た。

「いや、先日、ここの……ウチの前で。覚えてないかな？　ちょうどウチの前でアナタたちが言い争ってたのに出くわしてしまったんですよ」

「あ……そうなんですか」

「そうなんですよ。ウチの前に違法駐車の車がいつも駐まってて、それに抗議の紙をベタベタ貼っているところに、あなたたちが言い争いながらやって来て」

「ああ、そうでしたね。そこに警察の、なんだかいけ好かないイヤミな人がやってきて、向こうの肩を持つような事を言って……警察って、女の私が訴えるのが気に入らないんでしょうか？　まともに話も聞いてくれないし、民事不介入だとか当事者同士で話し合えとか……話し合えないから勇気を振り絞って警察に行ったのに」

鋼太郎は、錦戸が隠れているドアをチラリと見て、「そうですよね。まったくイヤミな、使えない野郎です」と彼女に賛同した。

「なぜか警察は……というか、あの若い、いけ好かないエリートですがね、そいつは、あなたの言うとおり、明らかにバカ学生に肩入れしてましたね。女性不信か、女性恐怖症かもしれないですね」

まったくロクなもんじゃない！　と大きな声で言い放った。

「きっと、女はヒステリーだとか決めつける、女性への偏見の持ち主なんですよ」

「そうなのかも……でも男の人だって、私が冷静に話をしようとしても、すぐに激怒して喚き立てるんだから、ヒステリーなのはどっちだって言いたくなりますよ」

つらそうに言う飯島真知子に、鋼太郎は提案してみた。

「そんなマンション、いっそ引っ越した方がいいんじゃないですか？　こういう仕事をしていると、患者さんからいろいろ話を聞くんですよ。隣の人のテレビがいつも凄い大音量で、注意すると怒鳴りまくられて困り果てて相談しても、大家さんは知らん顔、警察は話を聞いてくれないしで、気分も悪いし気味も悪いので、事件になる前に引っ越したとか」

「引っ越すの、お金かかるんですよ。敷金は全額戻ってこないし、そんな気軽に引っ越せないです。私、働いてますけど、社員じゃないし、学生さんのバイトよりワリが悪いかもしれないんですよ」

「それは困りましたね……」

鋼太郎は彼女に仰向けになるよう言って、両脚の股関節の動きを確かめた。

彼女は落ち込んでいる。なんとか元気が出ることを言ってやりたい鋼太郎だが、いい材料がない。いや、むしろ彼女の不安を増すようなことしか思いつかない。

鋼太郎は躊躇したが、それでも「予想される危険」についてはこの際伝えて、注意を喚起した方がいい、と判断した。

「あのですね……物凄く言い難いことなんだけど……あなたがもめている相手の男が、脚立を買っているのを目撃した人がいてね」

「脚立、ですか？」

そう、と鋼太郎は深刻な顔で頷いた。

「いえね、取り越し苦労かもしれないが、あの脚立をベランダにかけて、階上のあなたの部屋に侵入しようとしてるんじゃないかという、そんな可能性もあるわけですよ。階下の男はあなたに悪い感情を持っている。ああいう根暗な男は逆恨みのあげく、一気にすべてを解決してやろうと、とんでもない行動に走る可能性があります」

鋼太郎は錦戸の推理を横取りして、さも自分が考えたかのように言った。

「いえ、可能性という生やさしいことではありません。危険が迫っていると言っても過言ではないでしょう」

飯島真知子はそれを聞くと、真っ青になって震え始めた。

「そんなこと言われても……どうしろって言うんですか!」

彼女は悲鳴を上げた。

「警察は、私が殺されないと動いてくれないんですよね」

「そういうことです。まったく警察なんてクソの役にも立たない。誰かが死んで、やっと動き出す。犯罪を未然に防ぐ気なんかないんだろう」

鋼太郎は、錦戸が隠れているドアに向かって、わざと大声で言ってやった。

「……そんなことを聞いてしまったら……私、恐ろしくて部屋に帰れません」

青ざめて困り果て恐怖に声を震わせる飯島真知子。

そんな彼女を見た小牧ちゃんが、すっくと立ち上がった。

「大丈夫よ！　心配する事ないです！」

え？　と彼女と鋼太郎が驚いた。

「アタシと部屋を取り替えっこしましょうよ。アタシがあなたの部屋でしばらく暮らすから。そんなクソ野郎、返り討ちにしてやる！　バッキバキにしてやる！」

小牧ちゃんの剣幕に呆気にとられている飯島真知子に、鋼太郎は説明した。

「小牧ちゃん……いえ、この人はこう見えて凄いんです。可愛らしくウチの受付なんかやってるより格闘技の選手になった方が、いや、警備会社で悪漢をやっつけてる方が似合うんじゃないかと思うくらい腕が立つんで」

「……そうなんですか？」

飯島真知子は半信半疑という表情で小牧ちゃんを見た。

「これは……本人は隠したがっている過去だけど、バリバリ武闘派の元ヤンだったんだよな、昔は」

鋼太郎にそう暴露された小牧ちゃんは、「ストップ！」と叫んだ。

「ちょっと先生、よしてくださいよ。黒歴史（くろれきし）とまでは言わないけど、自慢するような過去じゃないんで」

「まあいいじゃないか。これは君の武勇伝だ。とにかくね、この界隈じゃ今でも小牧ちゃんを『ネエサン』と呼ぶチンピラもいるとかいないとか」

「いません！　面白おかしく話を盛らないでもらえます？」

小牧ちゃんは怒ったが、飯島真知子は「すごいですね！」と感心している。

「とにかく、今から部屋を交換しましょう。いいでしょセンセ。どうせヒマで患者さん来ないんだし」

鋼太郎は同意するしかない。

「あー、だけど万一に備えて、小牧ちゃん、彼女に身を守る技をいくつか教えておいてあげれば？」

「そうですね」

頷く小牧ちゃんに飯島真知子は慌てて言った。

「いやいや私、格闘技なんか全然……」

「安心してください。簡単なヤツです。たとえば、関節を逆に曲げると痛いでしょ？　それを使って……」

と、小牧ちゃんが治療室で簡単な関節技を教え始めた時、錦戸が隠れているドアの向こうから物音がした。

鋼太郎は、ちょっと失敬、とドアを開けた。なんせドアの向こうは自宅だから、何の差し支えもない。

ドアを開けたところで錦戸が待ち構えていた。

「すべて聞きました。自己解決を目指すみたいですが、大丈夫ですか？」

「だって警察が動いてくれないんだから、自分たちで対処するしかないでしょ」

「ダメだとは言ってません。ただ……危険なことはしないでくださいよ」

「そう思うんなら警察が何とかすればいいじゃないか」

少し意地悪く言う鋼太郎に錦戸は答えた。

「もちろん、私としても方法を考えてはいます。考えてはいますが、警察としては単なる騒音トラブル以上の、別の犯罪が絡んでいる可能性もあると思っています」

「別の犯罪？　そういやアンタ、昨夜、けっこうな大捕物があったとか言ってたけど……」

「それとも関係があるかもしれません。はっきりしたことが判ればお話しします」

それっきり錦戸は口をつぐんでしまった。

＊

善は急げ。

鋼太郎と小牧ちゃんは午後を休診にして整骨院を閉めると、飯島真知子の案内で「西久保ハイツ」の、彼女の部屋へと向かった。

真面目な女性の住み処らしく、きちんと片付いた部屋だ。インテリアの色もブラウンとベージュで統一されており、センスがいい。

失礼しますね、と言いながら、鋼太郎は壁をコンコンとノックしてみたり耳をつけたりしている。

「うちのセンセ、趣味が、なんと私人逮捕なんです。それが昂じて、ヒマな日の夕方、刑事ドラマの再放送ばかり見てるから……ああいう刑事ごっこが趣味になって」

小牧ちゃんが半分笑いながら、雇い主のいささか奇矯（ききょう）な行動をフォローした。

「ゴッコじゃないぞ。いろいろ判ってきた」

鋼太郎はもっともらしく頷いて見せた。

「このアパートは、木造ですよね？」

「いえ、一応コンクリートのマンションですが」

「うん、そうとも言う」

鋼太郎はとっさに取りつくろった。

「マンションといっても名ばかりの建築も多い。ここはけっこう壁が薄い。そうでしょう？」

「たしかに……時々、お隣の物音が聞こえたりします。クシャミとか」

「そりゃそうとう薄い」

そう言いながら鋼太郎は部屋の中を歩き回った。

ワンルーム八畳ほどのフローリングの洋室にはコルク材が敷き詰められて、ローテーブルの前には分厚いラグマットが敷かれ、ベッドの周囲にも敷物がある。

飯島真知子が音を立てないよう、日々苦心していることがはっきり判った。

「おい。あの大学生が言っていた『飯島さん犯人説』は怪しいぞ」

鋼太郎は小牧ちゃんに囁いた。

「もちろんです！　アタシは最初からそんなこと信じてなかったし」

小牧ちゃんは少し怖い顔で答えた。

「これだけ壁が薄いと、床や天井も同じように薄いのでしょうね」

小牧ちゃんはひそひそ話をかき消すように大きな声で言った。

「安普請（やすぶしん）ってことだね」

「そうです。そのせいか、このマンション、住人の出入りが頻繁なんです。引っ越してきたと思ったらすぐ出ていったりして。家賃は相場より安いのに」

夜逃げさながら、一夜にしていなくなった人もいた、と飯島真知子は言った。

「この辺だとワンルームで六万円はする家賃が、三万弱で……不動産屋さんは『掘り出し物だね！　探せばあるんだね！』って喜んでくれたんですけど……」

「それはやっぱり、ここが安普請で、音が響いたりするからでは？」

と言った鋼太郎は、この前の、「クスノキ」での会話を思い出した。

「そういや小牧ちゃん、君のカレシがなんか言ってたじゃないか。大島なんとかって……」

「え？　なんのことですか？」

飯島真知子が食いついた。

「『大島てる』ですね。『大島てる』は不動産に関するデータベースなんですが……それも、その」

小牧ちゃんは言い淀んだ。

「ちょっと問題のある物件の……」

「それに、ここが載ってるんですか？　西久保ハイツが？」

「そのようです。アタシはよく知らないんですけど」

「問題のある物件って……お化けが出るとか、呪われてるとかって事ですか？」

「いや、そういうことじゃなくて……困ったな」

飯島真知子は聞かなければよかった、という様子で震え上がっている。

「私……もうこれ以上、ここに居たくないです！　ここは呪われた部屋なんでしょう？　だから、下の住人が何かに取り憑かれて天井をドンドン突いて、しかもその原因がこっちにあることにされて、私がえんえん苦情を言われているのもきっと、ここが呪われた部屋だからなんです！」

「いや、それはいささかオカルトに過ぎるような……」

彼女をなだめようとする鋼太郎を、小牧ちゃんがさえぎった。

「だから、とにかく、飯島さんはアタシの部屋に居てください。アタシは幽霊なんか全然怖くないから、やっつけてやるし」

階下の住人もろとも、と小牧ちゃんはボクサーのように拳を固め、腕をしゅっしゅっと前後に動かした。

飯島真知子に鋼太郎が付き添って、小牧ちゃんの部屋に向かったあと、一人、残った小牧ちゃんは、真知子の部屋の中央に座り込んだ。

他人の部屋だから、無闇に触るわけにはいかない。ベッドも使うのはどうかと思うので、寝袋を持参した。トイレを使うのは仕方ないとして、料理を作るのは遠慮した方がよさそうだ。

じゃあ、お弁当かなんかを買いに行こうかと立ち上がった時。

床下からドンドンという異音がしてきた。

聞き間違いというレベルではない。激しく突き上げるような音が断続的に続く。

これが階下からの攻撃か。

小牧ちゃんはなぜかゾッとしてしまった。

下のあの陰気な学生が嫌がらせに天井を突き上げているのなら、こっちもドンドン床を踏みならして学生を怒鳴り込ませて、暴力沙汰に持ち込んで警察を呼ぶか……。

そう考えたが、どうも、音の様子は、嫌がらせではない感じだ。だいたい、ずっと座っていたんだから、階下のアイツが文句を言う理由がない。

いや待てよ。飯島さんも、なんにもしていないのに下から文句を言われると困っていたのだ。それと同じ事が、今起きている？

あの学生は、実は、精神を病んでいる？　騒音は幻聴なのに、それに気づかず飯島さんに抗議していた？

それとも……やっぱりこの部屋は、呪われた部屋なのか？

小牧ちゃんはスマホで「大島てる」を検索して、この「西久保ハイツ」を表示させようとした。

その瞬間、手の中のスマホが振動し、けたたましく鳴り出したので、驚きのあまり取り落としてしまった。

いや、電話は突然かかってくるものだから何の不思議もない。

気を取り直してスマホを拾い、通話ボタンを押した。

「あ、小牧ちゃん、こっちにすぐ来て！」

鋼太郎センセの緊迫した声だった。


一方、鋼太郎は飯島真知子とともに、小牧ちゃんの部屋に入った。

鋼太郎の予想通り、その部屋のインテリアは「硬派」だった。

今どき、「女の子の部屋はかくあるべし」という考え方は流行らないだろうが、それにしても、この部屋はとんでもない、と鋼太郎は思った。壁には格闘技のスターらしい、険しい顔の筋肉モリモリ男のポスターが一面に貼られている。ラックにはヌンチャクやダンベルがぎっしりだ。

およそ若い女性らしい雰囲気は皆無だ。それでいて小牧ちゃんにはカレシがいる。不動産仲介業の落合という彼氏は、特に格闘技系でもごつい感じでもない。小牧ちゃんが異性を選ぶ基準は今ひとつ、わかりにくい。

「ここなら安全ですよ」

鋼太郎は飯島真知子に笑顔を作って言った。

「でも、いつまでもというわけにはいきませんし……」

「それはそうですが、あの子は強いですから、すぐに原因を見つけて解決するに違いありません。下の学生をとっちめて謝罪させるか、返り討ちにするか、階下の部屋から追い出すことに成功するか……」

「あの、もう一つの可能性についてはどうなんですか？」

「もう一つと言うと？」

その……、と飯島真知子は言い淀んだ。

「オカルト的なこと？」

ええまあと彼女は頷いた。

「ワタシはね、この世にオカルト的なことなどない、と思っています。どれも科学的に解明できることばかりだろうと。だいたい、死者の呪いなんて言い始めたら、日本国中、戦国時代は合戦、戦時中は空襲、そのほか地震も地滑りも、津波も洪水もいろいろあって、幽霊が出ない場所なんかなくなりますよ？　病院だって必ず誰かは死んでいるんだから、どの病室に霊が出てもおかしくないですよね？　旅館だってホテルだって」

「それはそうなんですけど……でも、そのことはもう、いいです」

彼女は言いたいことがあるが、ハッキリ口に出せない様子だ。

もう帰れと言ってる……と鋼太郎は感じた。いくら鈍感なオッサンでも、若い女性と同じ部屋にいるのはよろしくないし、彼女の気詰まりそうな表情や声の調子を考えれば、早々に退散した方が良さそうだ。

「じゃあこのへんで。何かあったらすぐ駆けつけるので、連絡してください」

鋼太郎が帰ろうとすると、「あ、ちょっと待ってください」と呼び止められた。

「ここのモノを使うのは悪いから、ちょっと買い物に行きます。一緒に出ましょう」

そう言われたので、鋼太郎は二人並んで部屋を出て、エレベーターに乗った。

一階に着いてエレベーターのドアが開いた時、外のロビーで待っていた男が「うわ」と声を上げ、ほぼ同時に飯島真知子も悲鳴を上げた。

外に居たのは、なんと、あの陰気な学生・春日洋一その人だった。

「お前、こんなところまでおれに付きまとうのかよ！」

この疫病神！　と叫ぶと、陰気な学生・春日は彼女の腕を掴んでエレベーターからいきなり引きずり出すという暴挙に出た。

「何するんですか！」

彼女も怯えて叫んだ。

「お前に出っくわすのがイヤだから部屋を交換したのに！」

なんと、この陰キャ大学生も、チャラ男大学生と部屋を交換していたのか！

鋼太郎は驚いたが、驚いている間に彼女は引き擦り出され、マンションの廊下から外に連れ出されてしまった。

これはいかん！

鋼太郎はスマホで小牧ちゃんに「すぐ来て！」と知らせると二人の後を追った。

「どうしてお前はどこまでも付け狙うんだ！ この疫病神！ 悪魔！」

陰キャ春日はマンションの玄関先でそう怒鳴ると、彼女を突き飛ばした。

鋼太郎は慌てて駆け寄ったが、春日はなおも彼女に攻撃を加えようと迫っている。

「こっちは全然眠れなくてバイトも勉強も手に付かないんだ！」

「私は音なんか立ててないっ！」

「まだ言うか！」

春日は物凄い形相で彼女に摑み掛ろうとした。

が。

次の瞬間、春日は「ぐえ」と、カエルが轢き殺されるような声を上げて仰け反った。

「どうした！　飯島さん！　大丈夫か？」

鋼太郎が駆け寄ると、飯島真知子は青ざめた顔のまま、こくりと頷いた。

彼女の右手は、ウルトラヒーローが決定的威力を持つナントカ光線を発するように五本の指がピンと伸びていた。

「え？　え？　え？」

傍らには昏倒した春日が、地面で後頭部を打ったのか、ぴくぴくと痙攣（けいれん）している。

「君、なにをした？」

鋼太郎が恐る恐る訊くと、彼女は「護身術」とだけ答えた。

そこに、タクシーとパトカーが相次いで到着して、タクシーからは小牧ちゃん、パトカーからは錦戸が転げるように降りてきた。

「春日洋一！　大丈夫か？」

倒れている春日を見て、錦戸が叫んだ。

小牧ちゃんは脇目も振らずに飯島真知子に駆け寄った。

「飯島さん大丈夫？　変なことされてない？」

飯島真知子は「怖かった！」と小牧ちゃんに抱きつき、そこで錦戸の存在に気がついて、ふたたび怯えた。

「榊さん！」

鋼太郎に気づいた錦戸は質問した。

「あなた、一部始終を見たんでしょう？　何がどうなったのか説明してください！」

「私は、彼女が襲われたので助けようとしたんだ。そこに倒れている陰気な学生に」

「春日洋一だな？」

錦戸が名指しした。

「そう。そいつがエレベーターから彼女を引き擦り出して突き飛ばして襲いかかったんだが……彼女はこうやってナントカ光線を」

「出すわけないでしょ！」

右手の五本の指を突き出す格好をした鋼太郎に、小牧ちゃんが鼻先で嗤った。

「そうやって右手で、相手の男の喉元を突いたのよね？」

小牧ちゃんが訊くと、飯島真知子は頷いた。

「このワザは、アタシが教えたんです。急所に命中すると、息が出来なくなって倒れるっていう」

「正当防衛ですな！」

鋼太郎は宣言するように言った。

「まぎれもなく彼女の正当防衛です」

錦戸は「そのようですね」と同意しつつ、春日を助け起こすのかと思いきや、逆に彼の体に馬乗りになって身動き出来なくしている。

「大丈夫か？　救急車を呼ぶか？」

「救急車よりパトカーでしょ！　こいつを暴行傷害で逮捕して！」

小牧ちゃんが叫んだ。

「もちろんだ。春日洋一、平成一四年五月二四日生まれ、一九歳。本籍、東京都世田谷区大蔵……、現住所、東京都墨井区百草八三西久保ハイツ一〇二号、『大東京経営福祉大学』経済学部経済社会学科一年生。以上間違いないね？」

「だからなんだ？」

陰キャの春日は、ふてぶてしい。

「それがどうしたっていうんだよ？　おれは被害者だぞ」

だが、次に錦戸の口から出た言葉は誰一人、予想もしなかったものだった。

「春日洋一。君を麻薬及び向精神薬取締法違反の容疑で逮捕する！」

錦戸はスーツの内ポケットから逮捕状を出して春日に見せ、彼の手に手錠をかけた。

「昨夜、薬物密売の容疑で通称タマヨ、本名木村奈保子という女性を逮捕した。木村奈保子、誰だか判るね？」

錦戸の言葉に春日はそっぽを向いた。

「さあ……何の話か全然判らないな」

それを聞いて錦戸は頷いた。

「まあいい。これから君の部屋を捜索する。立ち会ってもらおう」

そう言うと、春日を引き起こして先頭に立った。

一同が、西久保ハイツに到着し、春日の部屋の前までやってくると、中からはドンドンという例の不気味な音が響いてきた。

「この音。あなたもこの音を聞いたんですね？」

錦戸が小牧ちゃんに確認する。

「はい……アタシ……なんか、これが超自然現象みたいに思えてきて、本当に気味悪くなって。呪われた部屋って言葉が頭の中から消えなくなって」

「武闘派のくせに、そういうのは怖いんだな」

鋼太郎は笑い飛ばそうとしたが、小牧ちゃんに睨まれたので、目をそらした。

「開けなさい」

錦戸に促されたが、陰キャ学生の春日は「開いてるよ」と言い、手錠のままドアノブを回した。

ドアが開いて、一同に、部屋の中が詳らかになった。

そこには、脚立にまたがったチャラ男が、カナヅチをふるって天井に何かを打ち付けている姿があった。

「何をしている?」

錦戸がずい、と前に出た。

「何をしてるって……見ての通りだけど。防音パネルを張り付けている」

錦戸は警察の身分証を、刑事ドラマそのままにチャラ男に突きつけた。

「警視庁墨井署生活安全課の錦戸だ。正直に本当の事を言いたまえ!」

「だーらウソなんかついてねーよ」

チャラ男は平然と答えた。

「そうか。お前は羽島啓輔一九歳、大東京経営福祉大学経済学部経済社会学科二年生、本籍・埼玉県本庄市向原四四の一一。相違ないな？」

「は？」

チャラ男は本格的な人定質問を受けて、目を丸くした。

「どうゆうことだよ？」

ようやく、錦戸が本気であることが判ってきたらしい。

「羽島啓輔。説明しよう」

錦戸は、春日の手錠のかかった手を持ち上げて見せた。

「春日洋一は先刻、麻薬及び向精神薬取締法違反の容疑で逮捕した。春日洋一は薬物の仲卸、つまり末端の売人に薬物の仲介をしていた容疑だ。羽島、お前にもこの春日の友人として違法薬物取引の嫌疑がかかっている。以前より墨井署の生安として、私が独自に内偵を進めていた。麻薬取締局（マトリ）には既に連絡した」

「ちょちょ、ちょっと待てよ」

呆然とするチャラ男に構わず錦戸は詰問した。

「お前は、防音パネルと称して、その中に違法薬物を隠そうとしていた。そうだろう!」

「いやいや、なにそれ、なんのことだ?」

あくまで否認するチャラ男こと羽島啓輔。

それにカチンと来たのか、錦戸はチャラ男羽島が乗っていた脚立をいきなり蹴った。

「うわっ!」

脚立が激しく揺れ、羽島はどさっとフローリングに落下した。

落下した羽島に代わって素早く脚立によじ登った錦戸は、打ち付けられたばかりの防音パネルを天井からベリベリと剝がした。

しかし。

剝がされたパネルの向こうには、何もない空間があるばかりだった。

「バーカ! 何があると思ったんだよ?」

床に落下した羽島がせせら笑うのを見て更に逆上した錦戸は、打ち付けられた防音パネルを片っ端からバリベリバリと剝がしにかかった。やれやれ、こいつに家宅捜索はされたくないもんだな、と鋼太郎は思った。きっと空き巣でも入ったように、さぞや派手なガサ入れをするに違いない。

だが乱暴きわまりない捜索にもかかわらず、天井裏からは何も出て来ない。

「どうしてくれるのよ。冤罪っていうんじゃないの、こういうの？　え？」

チャラ男は自分が圧倒的に有利になったと判った途端に、横柄な態度になった。

「この責任、どう取ってくれんだよ。あ？」

錦戸は窮地に追い込まれてしまった。

「なんなら、おれの部屋だって徹底的に調べて貰ってもいいんだぜ！　おれは見た目はチャラいけど、クスリなんかやらないんだよ！」

羽島は錦戸に迫った。

「おい、お巡りさんよ。謝るならキッチリ謝れよ！　おれんちは実家は太いからよ、強力な弁護団を結成してアンタらを訴えてやってもいいんだぜ！　あ？」

形勢は、完全に錦戸の不利だ。

その時。鋼太郎は、傍らにいる春日が、なぜか陰気な顔に笑みを浮かべていることに気づいた。

なんの笑みだこれは？　万事休すという、諦観の笑みか？

しかし鋼太郎の疑問は、廊下からドヤドヤと大勢がやって来た物音にかき消された。

「墨井署の生活安全課の錦戸課長はおられますか？　こちら厚生労働省関東信越厚生局麻薬取締部の相原です」

「私が錦戸です。ご苦労様です」

錦戸は鋼太郎たちに説明した。

「春日洋一の逮捕状を請求した時に、マトリにも連絡して出動を要請したんです」

五人ばかりを引き連れたスーツ姿の男・相原は犬を連れていた。ジャーマン・シェパードではなく、盲導犬に多いラブラドール・レトリバーのようだ。いわゆる「麻薬探知犬」か？　カフェオレ色の毛並みに垂れた耳の大人しそうな犬は、黒い目で室内をじっと見つめ、ピンク色の舌を垂らしてはあはあと言っている。老成すらしているような頼もしさを感じる。この犬がいれば間違いないし、穏便に終わるだろう……。

と、鋼太郎が思ったのもつかの間、その犬は春日に飛びかかった。

「うわ」

嚙みはしない。ただ飛びかかっただけだ。

「あなたが春日洋一だね？　大東京経営福祉大学経済学部経済社会学科一年生の」

麻薬探知犬に組み伏せられた春日は、震える声で「はい」と答えた。

「この部屋はあなたが住んでいる部屋ですね？　裁判所から『捜索差押許可状』が出ています。これはいわゆる家宅捜索令状と差押令状を一括したものです。ここを調べさせて貰います。立ち会ってください」

相原は春日に令状を見せて立ち上がらせると、部下に命じて部屋の中に入らせた。

錦戸は、相原に逮捕状を見せた。

「春日洋一は先ほど、麻薬及び向精神薬取締法違反の容疑で逮捕状を執行しました」

「その連絡は頂戴しましたが」

マトリの相原は頷いた。

「こちらのルートで独自につかんだ車両情報から、売人が乗っていた車の持ち主に任意同行をかけてしまったんですよ。なぜか激怒されて、警察とマトリがよってたかって私に冤罪を着せるつもりか！　訴えてやる、とそれはもう大変な剣幕で」

「え。品川ナンバーのダイハツ・コペンの持ち主、武井さんに任意同行を？」

錦戸は驚いて、天を仰いだ。

「そりゃ怒るのも無理はない。武井さんは無関係なんだもの」

ここで錦戸はこれまで判ったことを相原に教えた。

「問題のコペンに乗っていた売人は、木村奈保子。ここにいる春日洋一の母親です。親子で名字が違うのは、木村奈保子が春日洋一の父親と離婚しているからです。昨夜、木村奈保子を取り調べた結果、春日洋一も密売に関与していることが判明しました。それも単なる末端の売人ではなく、密売ルートの上流を握る、仲卸のポジションです」

え？　この陰キャ大学生が麻薬の売人？　リア充羽島の方ではなく？

鋼太郎としては驚くことばかりだ。

麻薬探知犬が室内の机に向かって一声、わんと吠えた。

相原は犬の後を追い、机の引き出しから封筒を取りだした。

「春日さん。これはなんですか？」

相原は全員が見守る中、封筒から小さなビニール包みを取りだし、春日に突きつけた。

「まさかお寺のお清め塩とか言わないでしょうな？」

下を向いたまま不貞腐れている春日に構わず相原は宣言した。

「MDMAです」

錦戸が「メチレンジオキシメタンフェタミンか」と呟いたが、鋼太郎には何かの呪文にしか聞こえない。

それにしても机の引き出しに隠すか？　と、鋼太郎は首を傾げた。

「なんで天井裏じゃなくて引き出しなんだよ？　マトリをバカにしてる？」

相原も同じ思いなのか不機嫌そうだ。

「いやそれは、マトリは超優秀だから、下手に隠してもどうせすぐバレる、だったら取り出しやすいほうが、って思ったんでしょう。そうだよな？」

錦戸は如才のないところ見せて、マトリをヨイショした。

「錦戸さん。春日洋一を先に逮捕したのはそちらですから、墨井署の方で身柄の拘束と取り調べをしますか？」

単純なヨイショに気分をよくしたのか、マトリの相原が確認した。

「ありがとうございます。改めて経緯をご説明しますと、先日、ウチの管内で向精神薬の密売に関与した容疑で暴力団員数名を逮捕しております。逮捕したのは墨花会の構成員、粕谷次郎、三枝正、三宅晋三、殿原賢、飯塚俊茂の五名です。うち粕谷次郎の供述から、売人として通称『タマヨ』の存在、および取引の場所と日時が判明したので、昨夜現場を張り込み、逮捕に至ったものです。薬物密売の証拠映像はこれです」

錦戸は相原にディスクを手渡した。

「取引の現場は、房州街道沿いのメキシカン・ファミレス『ムーチョス』の地下駐車場。品川ナンバー、クリーム色のダイハツ・コペンの車内で、『タマヨ』こと木村奈保子が、客の目白麻美に、現金と引き換えに薬物を渡しているところをビデオに記録しました」

「なるほど……よく判りました。今後は合同で調べを進めましょう」

事態はバタバタと一気に動いて、終結した。

春日は、麻薬及び向精神薬取締法第五十四条第五項に基づいて逮捕され、墨井署の警官に身柄を連行されていった。

「信じられねえ……アイツが、あの春日がヤクの売人だったとか、マジかよ？　あいつもクスリやってたのか？　んで幻覚つーか幻聴が出て、それで二四時間ドスドスって騒いでたとか？」

なんだか妙な立場になった羽島が真顔で錦戸に訊いた。羽島は近くに立っている飯島真知子を、居心地の悪そうな顔でチラチラ見ている。錦戸が答えた。

「春日洋一が薬物を常用しているかどうかは、まだ尿検査をしていないので不明です。ただし過去に使用していた場合、現在は使用していなくても、いわゆる『フラッシュバック』が起こることがあります。クスリを断って久しいのに、幻覚・幻聴などの精神症状が現れてしまうのです。それを勘案した上で、飯島さんからの『騒音は立てていない』という訴えも総合すると、春日の幻聴だった可能性は高いと思いますね」

それを聞いた羽島はしばらく考え込んでいたが、突然ガバッとひれ伏し、飯島真知子に向かって、マンションの廊下に顔を擦りつけるように土下座した。

「そういうこととは知らなかったとは言え……春日の言うことを一方的に信じてしまい、飯島さんには本当に、大変失礼で、申し訳ないことを致しました！　ここに謝罪致します！」

ここまで全面的に謝られてはむげに拒絶できない空気になったが、チャラ男羽島に地味ブスと罵倒された飯島真知子の気持ちが収まるわけもない。

「そんな……謝るくらいなら最初からあんな酷いこと……」

錦戸が割って入った。

「いや、いいんですよ飯島さん。謝罪を受け入れなくても。彼らがしたことは立派な脅迫ですからね。刑事事件に出来ますし、飯島さん、あなたは精神的なダメージについて民事訴訟を起こして、慰謝料を請求することも出来るでしょう」

法律に詳しくなければ警察の仕事は出来ない。錦戸は立て板に水で説明した。

「どうするか、ゆっくり考えて結論を出してください」

＊

「しかし、あの弱っちい陰キャの学生が、まさかヤクの密売ルートの、それも上流の方にいたとはな……ヒトは見かけによらないもんだな」

鋼太郎はそう言ってビールのジョッキを傾けた。

居酒屋「クスノキ」のカウンターを囲んで、鋼太郎、錦戸、そして小牧ちゃんと、不動産仲介業のカレシが飲み食いしていた。話はどうしても事件のことになる。

「供述によると……春日の母親が違法薬物を常用していたようで……春日洋一は高校時代にそれに気づいて、母親を尾行して売人を締め上げて密売ルートに食い込んで、仲卸にまで成り上がったらしいんです」

「あのひ弱そうな春日が？」

鋼太郎は、信じられないという顔で言った。

「母親の供述では、春日洋一は、外面は大人しいが家の中では暴君だったそうです。『離婚して、父親の無い子にしてしまったことが不憫で、ついつい甘やかしたことがいけなかった』と母親は供述しています。洋一は以前から『キレると怖い』子供だったようで、母親の腕には痛々しいアザが幾つも残っていました。『クスリに手を出した私が悪いんだけど、あの子はそれを逆手に取って』と嘆いてましたよ」

錦戸は取り調べの秘密をまたも漏らした。

「若い女に走った父親。離婚して鬱になり薬物に依存した母親。機能不全家族のしわ寄せを一身に受けた春日洋一……まあ、気の毒な一家ではありますね」

「それにしたって飯島真知子さんに、あんな形で敵意を向けなくても」

小牧ちゃんは不満そうだ。

「だいたいどうして違法薬物の仲卸なんかやらなきゃなんないんですか？　春日洋一の母親も、離婚したけど、養育費はきちんと支払われていたのでお金には困っていなかったんでしょう？」

「養育費が滞ってるってのはウソだったのか？」

小牧ちゃんの言葉に鋼太郎は驚いた。

「お金だけでは人間、幸せになれないんですよ」

錦戸が言う。

「一番厄介なのは承認欲求です。春日洋一も、その母親も、自分が空っぽだと感じて、それを埋めるために薬や、裏社会での権力が必要だったのでしょう」

「権力ねえ」

鋼太郎も慨嘆する。

「よもやあんな若造が元締めだたぁ、お釈迦さまでも、いやさすがのマトリも気がつくめえ」

「盲点ですね」と錦戸。

「まさか洋一が高校生の頃から違法薬物の密売に手を染めて、仲卸の存在にまでなっていたとは、我々以上にマトリも信じ難いことだったようです」

ある時期から挙動不審になった母親を尾行、売人とその住まいを突き止め、自分も取引に一枚嚙ませろ、嚙ませなければ警察に言うと春日は売人に迫ったのだという。

「母親もこれでいいとは思っていなかったでしょうが、いかんせん、自分も薬物に依存してしまっている以上、どうにもならなかったと」

「そんな母親を売人に仕立て、てめえは仲卸か。末恐ろしい奴だな。しかしそれなら」

鋼太郎は疑問を口にした。

「春日洋一はあのチャラ男羽島の、何もあんなに言いなりにならなくても良かったんじゃないの？」

「そこはそれ、世を忍ぶ仮の姿、って感じでしょうか」

錦戸はそう言って、「知らんけど」と付け加えた。

「知らんけどじゃ警察は困るだろ！　きっちり調べてくれよな！」

「ところで、あの西久保ハイツ、取り壊しになるって、ホントですか？」

その問いを発したのは小牧ちゃんだ。

「はい。あそこは、安普請だけじゃなくて、手抜き工事が発覚したんですよ」

錦戸が頷き、鋼太郎が補足する。

「ほら、ちょっと前に江戸パレス21とかいうアパートの会社がひでぇ手抜き工事をして、それが発覚して大騒ぎになったろ？」

その江戸パレス21が西久保ハイツも手がけていたのだ、と鋼太郎。

「だから壁も床も激薄（げきうす）で、階上も隣も生活音から足音から全部筒抜けだ。オーナーが江戸パレス21を訴える訴えないの話になってる。それプラス……あの西久保ハイツでは以前、人が死んでてね」

「あ！　その件、カレシに聞きました」

飯島さんが聞いても怖がるだけだと思って言えなかったけど、と小牧ちゃん。

「六年くらい前、若い女性が死んだんですよね。それも、まさに飯島さんが今住んでいるあの部屋で。殺しとか自殺とかいろいろ噂が立ったけど、結局は突然死っていうか、病死だったって」

「それで家賃が激安なんだな」

小牧ちゃんのカレシで不動産仲介業の落合が「その件は私から」と話を引き取った。

「大家と管理会社は入居者様に、いわゆる『瑕疵物件』の告知をする義務があります。言うところの『訳あり物件』『事故物件』ですね。でも、これについては業界でキッチリ決まったルールはないんです。多くの管理会社は、その物件に一度誰かが住んだら、その次からは告知しなくてよいと決めていますし、事件後二〜三年程度経てば、告知義務自体がなくなるという解釈をする会社もあります。さらに、病死のような自然死は瑕疵には当たらない、という解釈もあって」

「そういうのは法律で決まってないんですか？」

鋼太郎に聞かれた落合は返答に詰まったが、代わりに錦戸が答えた。

「決まってないですね。判例も揺れていますし」

錦戸はそう言ってハイボールをぐっと空け、落合が補足した。

「先般、国交省が『事故物件ガイドライン』を公表して、老衰や病死といった自然死のあった部屋については『事故物件』扱いをしないということにしましたが、これはあくまでガイドラインであって、これに従わない不動産会社もあります」

「飯島さんは告知を受けていなかったようですけど、あの部屋は相場よりかなり安かったんですよね？」

小牧ちゃんはなおも言った。

「やっぱり訳ありってことじゃないんですか？　下の部屋の春日にしても、本当に夜な夜な、二四時間、足音を聞いていたのかも……」

「誰が立てているか判らない足音をか？」

春日が悩まされていた足音は幽霊のものなのか？　と鋼太郎は思い、錦戸が言った。

「まあ、さっき言ったように、春日から薬物反応は出ませんでしたが、フラッシュバックによる幻聴が現れていた可能性はあります」

「安普請に手抜き工事に隣人トラブル、おまけにヤクの売人まで棲み着いていた、とくりゃ、大家も嫌気がさして、取り壊したくもなるだろうよ」

そういう鋼太郎に、でもね、と錦戸は続けた。

「取り壊しても無駄かもしれませんよ。いわゆる事故物件は、建物に原因があるわけではない、という説があるんです。つまり土地そのものに曰く因縁があるのだと。いわゆる『悪い土地』ですね。墨井署管内だけでも、西久保ハイツだけではなく、墨井公園のそばの、あの再開発が進んでいるあたりにも、そういう故事来歴があります」

「あんた、なんでも知ってるんだな」

鋼太郎は大袈裟に感心して見せた。

「ええ。この管内のことでしたらね。こう見えても仕事熱心なんです」

錦戸に皮肉は通じない。

「墨井公園のそばのあそこ、どんどん立ち退きが進んでますけど、どんな曰く因縁があるんですか？」

小牧ちゃんが興味津々な様子で訊いた。

「なんでも江戸時代に、それはそれは残酷な辻斬りがあったとか。そのあとは夜な夜な火の玉が飛び、亡霊がさまよう光景までが目撃されて……」

その時、大将が調理場からぬっと顔を出した。

「うわっ！」

あまりのタイミングに一瞬パニックになった全員に、大将は皿を差し出した。

「信じるも信じないも、あなた次第です……って、名文句だなあ」

大将は涼しい顔でそう言うと、ミモザサラダを錦戸に手渡した。

第三話　ポツンと一軒家

夜中に物音がして、大隅克行（おおすみかつゆき）は目を覚ました。

野良猫がベランダにやってきたのか？　いや、音は家の中から聞こえる。

克行はベッドからそっと起きあがった。隣で寝ている妻を起こしたくなかったからだ。

夫婦の寝室は二階だ。ドアを開けると吹き抜けを囲むように廊下がある。昔懐かしアメリカのホームドラマに出て来るような家を、と設計士に頼んで作って貰った、自慢の注文住宅だ。

足元のダウンライトを除いて、すべての灯りは消えている。確か今夜は新月だ。窓からの光もほとんどない。家を取り囲む木立越しに、離れた街灯の光が僅（わず）かに射し込んでいるだけだ。室内はうっすら輪郭（りんかく）が判る程度の、ほとんど闇。

夫婦の寝室の隣には、子供たちの部屋が二つ並んでいる。弟の聡（さとし）は小学三年生、姉の三（み）

音子は中学一年生。だが、どうしたことか、聡の部屋のドアが開いたままだ。

トイレか？　しかし二階のトイレに灯りはついていない。訝しく思いながら克行は廊下から吹き抜けの下を見た。そこはリビングだ。L字形のソファがあり、暖炉を模したストーブのスペースがあり、大型テレビがあり、自慢のオーディオもある、広々としたこの家のメインの部屋だ。

そこに、倒れている人影のようなものが見えた。

なんだ？

思わず知らず克行はうなじの毛が逆立つのを感じた。怖ろしい。だが確認しないわけにはいかない。聡がキッチンに何かを飲みに行って、心臓発作のような、なにか突発的な病変を起こしたのかもしれない。

克行は、震える足を踏みしめて階段を下りた。

突然、彼の視界の隅をなにかがよぎり、光が一閃した。

同時に、首筋に生温かなものを感じた。

克行が感じたものは痛みではなく熱感だった。

傍らに黒い人影が立っている。ふたたび、光るものが見えた。ナイフだ。角度によって、刃が僅かな光を反射したのだ。

首を……切られた。

流れ落ちる温かい液体は、克行自身の血液だった。それを悟ると同時に脚から力が抜け、克行は階段に崩れ落ちた。

ナイフを持った人影は、彼を残して階段を上がっていく。

待て！　上には妻と……娘がいる！

克行は叫ぼうとしたが、まったく声にはならなかった。声帯を切られたことには気づいていない。ひゅうひゅうと音にはならない息が洩れる。声を出す力は失われていた。

倒れ込んだ階段から見えるリビングの床に倒れているのは、聡だった。床にはどす黒いものが広がっている。

かわいそうに……おれと同じように刃物で切られたのか……。

どうして、おれと、おれの家族が、こんなことに……。

悲嘆の思いが、切られた痛みを超えて膨れ上がる。そこで、克行の命は尽きた。

＊

生活安全課など、どうせ閑職（かんしょく）に違いない、という悪意に満ちた噂がある。（最近、多くの署で刑事組織犯罪対策課という名称になった）刑事課なら、いわゆる犯罪捜査全般が担当だ。強行犯係なら殺人や暴行傷害のような凶悪犯罪、知能犯係なら詐欺、暴力犯係なら暴力団事件など、刑事課は世間的な「事件」のほとんどすべてを扱っている。交通課なら交通事件や交通安全、地域課であれば交番や派出所を通じての地域の安全が守備範囲であることも、名称からしてすぐ判る。だが生活安全課については扱う事柄がよく判らない。

だが生活安全課は決して閑職などではない。その守備範囲は防犯活動からストーカー、ネット犯罪、少年事件、ゴミの不法投棄などの環境事件にまで及ぶ。経済事件を扱うこともある。大きな経済犯罪は警視庁刑事部捜査二課、消費者被害的事案は同じく警視庁生活安全部生活経済課の担当だが、所轄の生活安全課ではリフォーム詐欺・ヤミ金融事犯などを扱い、より被害者に密着した捜査をすることになっている。

要するに、殺し・暴行・泥棒・ヤクザ・交通事故以外の、すべてを扱う部署が生活安全課であるといっても過言ではないのだ。

当然、閑職ではない。

とは言っても、墨井署のような小さな署で、事件自体あまり起きない地域だと、文字通りの閑職となってしまう日も多い。下町の片隅にあるこの辺では多くの住人が高齢者だ。夜も早いし、多少のもめ事は警察沙汰に発展する前に、下町特有の濃厚な人間関係の中で解決してしまう。もちろん間違った解決がされてしまう場合もあるが。

そんな、普段は事件などないといってもいい墨井署なのだが、昨日から天地がひっくり返るような大混乱に陥っていた。

所轄管内の一般民家で、一家四人が他殺死体で見つかるという、重大事件が勃発したのだ。

防災対策の一環として古い住宅街を立ち退かせて大規模な公園に整備する途中の、住民の少ない一角で事件は起きた。

ほとんどの住宅が立ち退いて空き家か更地(さらち)になっている中、一軒だけ残った洒落(しゃれ)た注文住宅。それが大隅家だった。現地に行けば判るが、大隅克行一家が暮らすその一軒だけが、広い公園用地の中で孤立して残っている。代替地(だいたいち)や補償金の問題で、立ち退き交渉が進んでいなかったのだ。

　昨日のお昼ごろ、近所に住む妻の実母がその家を訪ねて、事件が発覚した。

　それからは墨井署は上を下への大騒ぎとなった。一家四人があるいは首を切られ、あるいは全身を切りつけられ、刺し傷をつけられて惨殺された凶悪事件なので、警視庁（さくらだもん）から捜査一課の刑事が大挙して墨井署にやって来た。大会議室には特別捜査本部が立ち上がっている。

　昨日の午後から徹底した聞き込み、そのほかの捜査が開始されていた。刑事組織犯罪対策課だけではなく、生活安全課や交通課、地域課や公安警察の警備課までもが動員されている。

　が……錦戸には声がかからなかった。ひとつの事件の捜査に署員全員を動員するわけにはいかない。他の事件だって起きるのだから、そちらの処理に支障が出てはいけない。また、その課のエースは捜査本部には出さない、という暗黙の了解もある。

　生活安全課の課長である自分は当然のこととして課のエースであり、本来の業務に当たれと言うことだろう、と錦戸は判断した。内心は、墨井署始まって以来、最大最悪の殺人事件の捜査に参加したいし、刑事の血が騒いだのだが……声がかからない以上、どうしようもない。

半分拗ねたような気持ちで日常の業務を終えた錦戸は、特に上からの指示も依頼もないので、定時に退勤しようとしていた。

だが署の一階に下りたところで、刑事ふたりに挟まれた初老の男に出くわした。

まるで被疑者が逮捕されて署に連行されてきたような姿だ。しかし、それは他ならぬ、錦戸の知り合いの、榊鋼太郎ではないか。

当然、錦戸の足は止まった。

「ちょっと榊さん、どうしたんです？」

「どうしたもこうしたもねえよ。家でテレビ見てたら、こいつらがやって来て、任意同行してくれって。任意って言いながら強制連行だよこれ。逮捕状もないのに」

そう息巻く鋼太郎は、かなり怒っている。憤懣やるかたない、という感じだ。

「なんの事件の任意同行です？」

錦戸は刑事たちに訊いた。

「言わずとしれた、例の事件ですよ」

「まさか……墨井公園住宅一家四人殺害事件の？　この人が、重要参考人か何かってこと？」

　信じ難いという表情の錦戸に刑事が弁明する。

「いえ、そこまでではないけれど、ご承知のように徹底したローラー作戦をかけてますから、念のために。この方は、錦戸課長のお知り合いですか？」

「まあ……知り合いと言えば知り合いですね」

　ちょっと、とその刑事が錦戸のそばにやってきて、耳打ちした。

「事件が起きた時刻のアリバイが弱くて、ですね。この際、猫の子一匹逃がさない態勢で行けと本部長に言われてますので」

「まあ、我々警察の威信がかかった事件ですからねえ」

　錦戸はそう言って、さらに訊ねた。

「犯行推定時刻は？」

「一昨日一八日の、午前二時三〇分頃です。榊さんは、その時間のアリバイが証明できなくてね」

「しかし午前二時なんて、普通は寝てる時間でしょう？　あの人、独りぐらしだし。アリバイって、配偶者の証言でさえ成立しないんでしょう？　あの人、たしか離婚して……」

奥さんに逃げられて独りぐらし、と錦戸が言い終わらないうちに、行きましょう、と警視庁から来た刑事らしい男に先を促され、三人はエレベーターに乗ってしまった。

「あの人は性格は悪いが、人殺しをするほどの度胸はない」

ですよね？　と錦戸は近くにいた受付担当の制服警官に言った。

「まあ始終ここに来て、私人逮捕した、対処してくれ、とクレームばかりつけてますが、コロシみたいな大それた事は出来ないでしょうね」

とは言え、鋼太郎のことが心配になった錦戸は、取調室のある二階に戻り、取り調べが終わるのを待つことにした。

一時間後。

疲れきった顔をした鋼太郎が現れ、取り調べを担当したさっきの刑事が見送りに出てきた。

「ご足労有り難うございました」

鋼太郎は不機嫌に、その刑事を一瞥(いちべつ)した。

「だから、その時間は寝てたんだから。おれ、独りぐらしなんだよ」

まあまあと錦戸が割って入った。

「重大事件なので、そのへんのところ、どうかご理解ください」

と、鋼太郎に笑顔を見せた。

「鋼太郎さん、結局あなたの嫌疑(けんぎ)は晴れたんですか？　それとも死刑？」

「仮にも警察官であるアンタが言う冗談ではないだろ」

鋼太郎はイライラしながら錦戸を睨(にら)み付けてタバコを出したが、灰皿がないのですぐに仕舞った。

「おれんちの周りの防犯カメラの映像で、整骨院を閉めて小牧ちゃんと一緒に出て、居酒屋『クスノキ』で一杯やって飯食って帰ってきて、それから朝まで一歩も外に出ていない事が証明されたんだ。だったらそれを先に調べてから任意同行しろって事だよな」

「いえね、それについては……」

取り調べた刑事が説明を始めた。

「榊さんは以前、マル害(ひがいしゃ)の大隅克行さんと大喧嘩したことがあったという情報がありましてね」

「ギックリ腰でウチに来たんだが、全然治らねえって文句つけてきたんで、それで」

「なるほど。榊さんならやりかねませんね」

錦戸はそう言って頷いた。

「おいおい。客ともめたらコロシの犯人にされるってか？　怖い世の中になったもんだな！」

「あ、言っときますが、今言った『やりかねない』の意味はコロシではなくて、クレームをつけてきたお客と榊さんが大喧嘩した事実を指すものです」

ったくやってられねえや、と鋼太郎は帰ろうとした。

「これで、ワタシの無実は証明されて、今後は何もないって事で宜しいか？」

「いえ……捜査の進捗状況によっては、また、改めてお話を伺うこともあるかもしれません。その際はなにとぞご協力ください」

取り調べを担当した刑事ふたりは頭を下げたが、鋼太郎は憮然としたまま彼らに背を向けて歩き出した。

錦戸は鋼太郎の後を追った。なだめるために一緒に飲むついでに、捜査本部の情報を聞き出すつもりなのだ。

「聞いた話ですが、あの事件についてはまったく手掛かりがない状態らしいんです」

居酒屋「クスノキ」で錦戸は鋼太郎に、まあ一杯とビールを注いだ。まだ開店時間前だが、常連である鋼太郎だから、ということで二人はカウンターに座らせてもらっている。

「これは私の奢り（おご）りです」

「警官に接待されるのは罪にならないのか？　まさか別件逮捕の伏線じゃないだろうな？」

鋼太郎はそんな悪態をつきつつ、ビールを飲んだ。

「大丈夫です。私はあの事件の捜査には絡んでいないので。ただまあ、他ならぬ榊さんが気分を害しているので、これは放っておけないなあと思っただけで」

「というか、あれだろ？」

鋼太郎はいたずらっ子のような目をして錦戸を見た。

「いろいろ耳にしたことを誰かに喋りたくて仕方がないんだろ？　なにしろ墨井署開闢（かいびゃく）以来のひどい事件だし」

「たしかにひどい事件なので……違いますよ！　捜査上の秘密は守らなければなりません」

「捜査上の秘密？　あんた、捜査本部には入れてもらってないんだよね？」

鋼太郎は水を向けているのか牽制（けんせい）しているのかよく判らない。一瞬傷ついた顔になった錦戸だが、すぐに気を取り直した。

「これは、榊さんの怒りを静めるために言うのだとご理解ください。いいですね？」

「いいよ。ここだけの話って事だろ。フォー・ユア・アイズ・オンリーね」

はい、と錦戸は頷いて、小声で話し始めた。

「鑑識の結果、物盗りではないようです。痴情怨恨（ちじょうえんこん）の線についても、大隅さん、奥さんの美佐代（みさよ）さんの両人について、そういう噂は聞いたことがないと。お金の貸し借りもないようで、要するに犯行動機がまるで見つからないのです。そういう点が、前世紀最後の日の前日に起きて、以来未解決なままの『世田谷一家殺害事件』とよく似ていると、私は個人的に考えていますが」

「あの頃は防犯カメラはあんまり設置されてなかったけど、今は、特に東京ならあちこちに防犯カメラはあるだろ？　あの家の周辺のカメラを調べれば、犯人の背恰好（せかっこう）とか、すぐ判るんじゃないのか？」

「そう思います。捜査本部でも防犯カメラの画像解析を進めているはずですが」

それを聞いて頷いた鋼太郎だが、思い出したように言った。

「さっき事情聴取されたときにちょっと聞いたんだが……被害者の一家四人は頸動脈を切られたり、心臓を前から一突きされたり、全身を刺されたり、切りつけられたりの出血性ショックとかだって」

「致命傷はそうです。しかし四人のうち、少なくともお二人の御遺体には複数の切り傷や刺し傷があって、犯人は被害者が失血して死んでいくのを眺めていた形跡があります。防御創など争った様子は無く、深夜の寝込みを襲われたか、物音に気づいて起きてきたところを……」

　それを聞いた鋼太郎は顔をしかめたが、錦戸は淡々と語る。

「長女の三音子さんと奥さんの美佐代さんはベッドの上で、刺し傷や切り傷が多数ある状態で発見されました。どの傷も浅いのですが、長時間にわたって切りつけられたため、出血性のショックが死因となっています。一方、長男の聡くんはリビング、父親の克行さんは階段で倒れており、こちらも切り傷はあるのですが、数は少なく、致命傷はそれぞれ心臓の一突きと頸動脈の切断です。このお二人については長い時間をかけて切りつけた形跡はありません。着衣に乱れもありませんでした」

「凶器は刃物？」

　冷静な錦戸につられて、鋼太郎も冷静な声で訊いた。

「刃渡りの長いナイフですね。数種類使われた形跡があります。返り血を浴びた犯人が遺(のこ)した血痕もあるのですが、いずれも被害者の血液で、犯人のものではありません」

「男二人は物音に気づいて起きてきたところを、女性二人は寝込みを襲われて、ってことだな」

　そうだと思います、と錦戸は頷いた。

「物盗りじゃない、痴情怨恨でもない。金銭トラブルでもないとくれば、残るは愉快犯(ゆかいはん)ってことにならないか？　殺すのが楽しいってヤツ」

　そう言われた錦戸は、鋼太郎をじっと見つめた。

「愉快犯とは、人や社会を恐慌に陥(おとしい)れて、その醜態(しゅうたい)や慌(あわ)てふためく様子を陰から観察する、あるいは想像して喜ぶために犯罪行為をする者という意味ですね？　ならばそうなのかもしれません。ただその場合、どうしてあの一家が標的になったのか……」

「消去法でいったら……怨恨でもない痴情でもない金銭でもないとすれば……あっ」

　鋼太郎は閃(ひらめ)いた、というように、はたと手を打った。

「家を間違えたとか？　他の家を襲うつもりが、間違えたんだ。ヤクザの幹部だと思い込んで一般人をヒットしちまった馬鹿な鉄砲玉がいるじゃないか」

「まあ、たしかに、その可能性は排除できませんね。今の段階では判断不能ですが」

そう言って腕を組む錦戸に鋼太郎はなおも疑問をぶつけた。

「しかし、だったら、死ぬのを眺めていた形跡ってのが判らんな。一体どういう形跡があれば『死ぬのを眺めていた』ことになるんだ？」

「死体のそばにある犯人の足跡です。全然ブレていない。一ヵ所に立って、身じろぎもせずに立ち尽くしていた形です」

「完全に死んだか確認してただけじゃないのか？」

そう言った鋼太郎は、自分の言葉にゾッとして思わず叫んだ。

「ったく素面じゃやってられねえよ！　オヤジ！　ウーロンハイを濃くして！」

その時、店の隅から「やべーやつ」というフレーズが聞こえてきたので、鋼太郎は耳をそばだてた。

まもなく口開けという時間帯で、店は空いている。その閑散とした店内のテーブル席で、バイトの女子高生トリオが賄いを食べながら暇そうに駄弁っている。

「あいつ、マジやべーよね！」

顔をしかめているのは、トリオの中で一番ケバい純子だ。

「あんなグロいことやってるのになんでドヤ顔なの？　完全にあたおかでしょアイツ！」

そういう話が耳に入ったら聞き逃せないのが錦戸と鋼太郎だ。

二人はカウンターからくるりと体を回転させてテーブル席に向き直った。

「今の話だが」

「詳しく聞かせてもらえるかな？」

錦戸の言葉に、純子は反応した。

「わーっ錦戸っち、刑事ドラマの刑事みたい！」

「だってこの警部殿は、こう見えて本物の刑事だから」

「何がヤバくてグロいのですか？」

「だから、猫の死体とか学校に持ってくるやつがいるんですよ」

「そうそう。みんな猫キラーって呼んでます」

女子高生トリオは口々に訴えた。

「猫の死体はわりと最近だけど、その前からおかしかったよね？　あいつ」

「うん。おかしかった。すっげー大きなナイフを学校にもってきて、刃なんかもうギザギザで、『これで熊でも猪でも、人間でも引き裂けるんだぜ』とか言って」

「そう、見せびらかすの」

「あいつ、成績悪そうだしスポーツも出来ないし楽器も弾けないしオタクでもないし……ようするに、目立つところが全然ないんですよ！　猫をぶっ殺す以外」

なるほど、と錦戸は頷いた。

「ナイフは男性器の代替物だと犯罪心理学では言われています。推定するに、その男子高校生はありあまる思春期の性欲を、そうやって顕示（けんじ）するしかないのでしょう」

「キモすぎ。そいつ、当然だけど、全然モテないもの。クラスの陽キャたちが男女で楽しくしゃべってるのを、いつもジト目で見てて、突然会話に割って入ってきて、何をするのかと思ったらナイフを見せびらかすの。キモいったらありゃしない」

鳥肌が立った、というように純子が組んだ両腕を撫でる。

「それで相手にされなくなったから、もっとひどいことを始めて……」

「それで猫キラーか？　フマキラーじゃなくて」

鋼太郎のオヤジギャグは全員に無視された。

「ほんと、ひどいんです。ありえない」

メガネ女子の瑞穂が憤った。

「猫の死体ですよ？　それを学校に持ってきて見せつけるんですよ？　あきらかに異常でしょ？」

錦戸と鋼太郎の食いつきが悪いのに、女子高生トリオは不満そうだ。

「もしかして、おじさんたちは猫が嫌い？」

鋼太郎はかぶりを振った。

「いや、そんなことないよ。ウチの隣との塀の間には野良猫が棲み着いていて、エサをやってるし。小太郎だよ。君らだって小太郎を抱っこしに来るじゃないか！」

「ああそうだった！　けど、御飯とかトイレの始末は全部、小牧ちゃんがやってるんでしょう？」

「そんなことはない。休みの日はおれが」

「まあ、その程度よね」

純子は軽くいなした。

「私たちは、もっと愛してるから。だから、死んだ猫を持ってくる事自体、許せない。絶対にアイツが虐待して殺したんだから」

女子高生トリオは「そうだ！」と怒りを共有した。

「警察って、猫ちゃんやワンちゃんを虐待したり殺したりしても、器物損壊罪？　とかでしか捕まえないんですよね？」

一番おとなしいかおりが尋ね、錦戸が答えた。

「そうですね。正確には、動物愛護法により処罰されるのは、自分のペットや飼い主がいない野良犬や野良猫を虐待した場合。一方、器物損壊罪が適用されるのは、他人のペットを虐待した場合です。従って野良猫に対する虐待や殺害に適用される法律は動物愛護法、正しくは『動物の愛護及び管理に関する法律』です。罪は最高で懲役五年、または罰金五○○万円で、軽いですか？」

「あの、私が言いたいのはそういうことじゃなくて、命ある動物をモノ扱いする事の是非です」

かおりは、テレビで俳句を添削する先生のような厳しい口調で答えた。

「動物はモノじゃありません」

「それは判りますが、日本の法律は動物を『所有するかどうか』、つまり財産かどうかで判断するところがあります。それではいかんと『動物愛護法』が出来たんだけど」

錦戸は弁解するように言った。

「話を戻しましょう。その、猫の死体を持ってくる奴ってのは……」

「要するに、性格が歪んでるんです。もしも本人がいわゆる『パワー系』で腕力があれば暴力でみんなに言うことを聞かせたかったタイプ。けど背が低くて痩せてて非力だから、喧嘩してもボコボコにされる側だし、成績も悪くて口も立たないから、相手に言い負かされて『論破！』って言われる側なんです。だからそういうしょーもないことをして、みんなの注目を浴びるしかない。つまり」

ゲロ以下の腐れ外道です、とかおりは言い切った。おっとりした口調だけに、罵言とのギャップが凄い。

「とにかくヒドいんだよ！」

純子も声を上げた。

「ロープで猫の首を括ってブンブン振り回したり、数匹の死体をずるずる引き擦り回したり、死体を蹴ったり、地面に叩きつけたり……ってもう、可哀想だし怖いし気持ち悪いし……だいたい子猫だったし」

「まさか、それを学校で？」

「スマホで。スマホに入ってた動画を見せつけられて……」

そう言う純子は今にも吐きそうだ。

「猫の生首が校門のところに並んでたこともあった。それは、誰がやったか判らない事になってるんだけど」

メガネ女子の瑞穂も感情を抑えた声で言った。

「あいつがやったに決まってるんです。実際、吐いちゃった子もいるし……あいつはそういうのを見て喜んでた。根っからの変態です！」

「生首なんて生やさしいかも。外側の毛皮だけにして、旗みたいにして振ってたし。あいつ、人が嫌がることばっかりやって、喜んでた」

「過去形？」

かおりが食いついた。

「今もやってるんですよ！　やってるときの目が嫌なの。凄く気持ち悪い。なんか、表情がなくて、目が死んでる感じで」

「そうそう！　あの目はゾッとするよね」

純子が食いつき気味に賛同した。

「ああいうのこそが、本物の変態だと思う」

瑞穂が冷静に言った。

「先生方は止めないの？」

あまりのことに鋼太郎が呆れて聞いた。

「止めないんです。こらこらとか軽く言うだけで」

「先生任せにしないで、君たち生徒同士で『やめろよ！』ってことにはならないの？」

「だって……猫を殺すヤツですよ……気味悪くて近づきたくないです。みんな遠巻きにして見てるだけで……」

「そういうことは、いつ行われるのですか？」

錦戸は刑事の口調になっている。

「朝とか。猫の死体を持って登校してきたり……全体朝礼の時とかに」

「でもね……死体って、意外に怖くないんです。もちろん、みんなヤダーとか言って逃げたり遠巻きにはします。でも、本当にイヤなのはアイツが、たとえば公園とかで野良ちゃんの子猫を呼び寄せて、抱っこして撫でたりして捕まえて、その子猫を……」

そう言ったかおりは顔を歪めて、口を押さえると、慌ててトイレに走っていった。

それを見た純子も、えずきそうになって後を追った。

「思い出したんです。その猫が後で動画に登場した光景を」

解説する瑞穂は平気な顔をしている。

「アイツは、スマホで撮ってるんです。子猫を苦しめてなぶり殺すところを。本当にひどいんです。言いたくないほど。サッカーボールみたいに蹴り飛ばすなんて序の口で、狭いケージに閉じ込めて、外から熱湯をかけたり」

そこで錦戸の顔色が変わった。

「それを……本当にその人物がやったという証拠はありますか？　いえ、疑っているわけでも、そいつの味方をするわけでもありません。しかし事件化した場合、犯人の特定が非常に重要になってくるので」

錦戸の言うことに、瑞穂は頷いた。

「そうですね……私、調べたんですけど、猫虐待の動画はネットにかなりたくさん出回っていて、裏サイトとかじゃなくても結構簡単に見つかるんです」

ひどい話だけど、と瑞穂は顔を曇らせた。

「でも、誰が撮っていて、誰が虐待してるかは、もちろんハッキリ判らないように撮影されています。普通はそうです。でもアイツは違うんです。わざわざ自分でやったって自慢するから、学校のみんなはアイツが犯人だと全員が知ってます。だけど、お前はひどいヤツだ変態だって責められると、途端に『おれがやった証拠はあるのかよ！』って開き直るんです」

トイレから戻ってきたかおりも補足した。

「かわいそうな猫がだんだん弱ってきて、鳴きながら息絶えるのを見てるのが好きだって、そんなことまで言うんですよ」

そうそう、と瑞穂が更に付け足す。

「あいつ、解体動画まで撮影しているんです。殺した子猫をバラバラにする一部始終を……ひどいスプラッターで画面が真っ赤。しかもあいつの生々しい解説付きで。子猫の身体の中の熱さとか臭いとか」

今度は錦戸が、ハンカチで口を押さえてトイレに走った。

「あら。錦戸っちは、こういうの弱かったんですね」

瑞穂はやりすぎたか、という表情だ。

「榊のおじさんは大丈夫なの？　戦場で死体をいっぱい見たから耐性が出来てるとか？」

「おれは戦争には行ってない！　これでも戦後生まれだぞ！」

鋼太郎は吠えて、まじまじと瑞穂を見た。

「君はどうして平気なの？」

「私、ホラー映画が好きなんです。スプラッターも嫌いじゃない、かな。死体がぐじゃぐじゃになって目玉が飛び出したり、ハラワタどばぁとか、チェーンソーで手足が飛んだり首がすぱぁーんとか」

瑞穂が手のひらを水平にして首を切るアクションつきで答えていると、トイレに走った錦戸たちが蒼い顔で戻ってきた。

「もう、猫の話はいいです」

まだ顔色が悪い錦戸は瑞穂にストップをかけた。

「それで、その動愛法違反容疑のその人物は誰です？　名前をまだ聞いていません」

「高橋平蔵。『へーちゃん』って呼ばれたいらしいけど、みんなヘタレとかヘンタイとしか言わない。うちらの一年先輩だから、三年生です。チビでガリの貧相なヤツで、成績も悪いし頭も悪いし、お前死んだほうがよくね？　って感じの腐れ外道です」

一番おとなしそうなかおりが一番ひどいことを言うので、錦戸と鋼太郎は驚いた。

「そんなヤツなら、先生に怒られて退学じゃないの?」

「駄目なんです。あいつ、実家だけは太くて。あいつの親はこの辺じゃちょっと有名なお偉いさんだから、あいつはデカい顔して好き放題なんです」

「議員? 町内会長? ヤクザ? しかしこの辺のマチバのヤクザは弱いし……」

錦戸と鋼太郎が誰だろうと首をひねっていると、かおりが言った。

「ヒントその一。この近くに本社と工場があります」

クイズか。

「この辺はオフィスが急激に増えていますから、本社を置いている企業も多いですが……工場もあるとなると……」

「あれかな? 昔このへんの大地主で、戦後も広い土地を持っていて、工場に貸したり住宅公団に貸したりして大儲けして、今もマンションを幾つも持ってる大地主の」

鋼太郎の言葉に錦戸が反応した。

「高橋興産。おっしゃるように戦前から駄菓子製造業で当てて、この地域の大地主になり、戦後の農地改革で田畑は失ったけれども、住宅や商店などの家作を多数所有、資産運用にも成功した一家ですね。高橋興産の社長は、この辺では指折りの高額納税者です」

「それだ！」

鋼太郎は錦戸を指差して拍手した。

「人間コンピューター！」

「その褒め方、凄く古いですよ」

錦戸はまんざらでもなさそうだ。

「せめて歩くデータベースと言ってください」

「そうか。あそこか。会社自体は全然大きくないし、事業としてもショボい。土地とマンションを持ってるってだけだったが、スカイツリーが出来て隅田川東岸が注目されて、土地の値段も上がったもんだから、笑いが止まらなくなってるんだろうなあ。先代は地味な爺さんだったよ。金持にも見えなかった。いかにも地元の駄菓子屋兼不動産屋って感じで、『クスノキ』なんかで飲んでたんだが、バカ息子の代になってから滅茶苦茶羽振りがよくなった」

車もコロナからベンツ、絵に描いたような成金になりやがって妙にふんぞり返って、と鋼太郎は思い出し怒りに身を委ねている。

「寂れきってた浅草が持ち直してからこっち、この辺も景気がよくなりましたからね。土地持ちは強いですよ。特に一戸建てはテレワークで個室が欲しい人には大人気で、建てたら右から左に売れますからね。実際の開発はデベロッパーに任せっきりで、社長のやることと言ったらお札を数えることくらいですね。今の社長の名前は高橋啓蔵(けいぞう)。たま～にテレビの取材に応じてます。成功者としてもっともらしいことを言ってますが、結局、先祖代々の土地を転がしてるだけ」

錦戸は、この地域の情報をすべて頭に入れているかのようにスラスラと喋った。

「そうか。馬鹿息子であるところの高橋啓蔵の息子・高橋平蔵は、つまり馬鹿の二乗ってわけか？」

「そう。馬鹿の二乗です。榊のおじさんの言うとおりです」

瑞穂が言う。

「とにかく。学校の先生は全然叱らないし。たま～に注意しても、明らかに腰が引けてるんです。地元の会社の社長の息子って、そんなにエラいんですか？」

憤慨する瑞穂に錦戸が答えた。

「そうですね。高橋啓蔵は墨井区の高額納税者リストに入っています。区の財政には貢献していますが、地域の経済や雇用には……どうでしょうね。開発はデベロッパー任せ、経理は奥さん任せだから、やることないでしょ。子供の教育には悪いですよね。労せずして金が儲かるんだから、世の中なめちゃいますよ」

錦戸は税務署の数字まで把握しているのか、と鋼太郎は少し怖くなった。錦戸は続ける。

「子供が小動物を虐待することは、ままあります。しかしそれはごく幼い頃の話です。普通は次第に共感力や想像力が涵養(かんよう)され、残酷なことはしなくなる。しかしそうならないケースもあります。命あるものを大事にしようという気持ちが育たない、そういう子供も稀にいます。きちんと育てられなかったか、或いはその子自身に問題があるか……猫キラーのケースは両方かもしれません」


しばらく飲んでほろ酔いになった鋼太郎は錦戸と別れ、居酒屋「クスノキ」を出て、自宅兼整骨院に戻ってきた。

と、隣との塀の隙間から野良猫が顔を出した。

「おお、小太郎、腹が減ったか。ちょっと待ってろ」

鋼太郎は整骨院を開けて入口に常備してある猫缶を取り出した。餌皿に中味を出して、いそいそと猫の前に戻って皿を置いた。

サバトラの子猫はうにゃうにゃと言いながら食べ始めた。

夢中になって食べている猫を、鋼太郎はしゃがんで眺めた。

この猫は数週間前、突然のように整骨院の前に現れた。お腹を空かしている様子で、物欲しげに整骨院の中を覗き込んでいるのを、小牧ちゃんが見つけた。鋼太郎の許しも得ずに抱き上げて中に入れ、勝手に台所に行って煮干しを探し出すと、その猫に与えた。

「ねえちょっと、猫を中に入れるのは困るよ」

鋼太郎はやんわりと注意したが、既に猫と小牧ちゃんは早くも相思相愛のようになっていて、煮干しを食べ終わった猫は小牧ちゃんの膝の上でうっとりしている。

「ねえ先生。こんなに人馴れしてるってことは、棄てられたんですよ。毛艶もいいし……どこかで飼われていたのに、引っ越すか何かの時に置いて行かれたんじゃないかと思うんです」

サバトラは小牧ちゃんの膝の上でにゃうと鳴いた。

「幾つくらいかな？」

鋼太郎は近寄って、その猫を見た。

「そろそろ子猫じゃなくなりますね。六ヵ月くらい？　知らんけど」

その猫を撫でていた小牧ちゃんは、鋼太郎を見た。

「センセは猫嫌いですか？」

「おれは、どっちかと言えば犬派だな。猫はどうも、何かよからぬ事ばかり考えていそうで気味が悪い」

「そう言いつつセンセは犬だって飼ってないじゃないですか」

「散歩に連れて行くのが面倒だ。この商売をしていると、そうしょっちゅう散歩に連れて行けないし」

「じゃあ猫飼いましょうよ！　猫の整骨院で売り出すんです。インスタに上げたら、お客さんが殺到するかも？」

「患者さんと言いなさい」

鋼太郎は言い直させた。

これも何かの縁だし、室内で飼おうという小牧ちゃんと折衝（せっしょう）の上、餌をあげて面倒は見るけれど外で飼う、という線で決着した。

そういうことなら不妊手術もきちんとしなきゃ責任ある飼い主とは言えない、と小牧ちゃんに強く言われた鋼太郎は、しぶしぶ不妊手術費を出して、「小太郎」と名前もつけて、不妊手術済みの印に耳先をさくらの花びらの形にカットした「さくらねこ」として外飼いすることにした。

朝は小牧ちゃんが世話をして、昼間はバイトに行く女子高生トリオが撫でたり抱っこしたりして可愛がっている。

鋼太郎は、家と塀との間の、人がやっと通れる空間に、「猫の家」を作ってやった。雨風をしのげて毛布を敷いた、居心地のよさそうな小屋だ。

「じゃあな。お休み」

鋼太郎は小太郎の背中を撫でて、家に入った。

その翌日の午後。

女子高生トリオが猫におやつをやりにやってきた。

その様子はガラス戸越しに鋼太郎も小牧ちゃんも見たが、いつものことなので気に留めずにおのおの仕事をしていた。

すると。突然、外から男の怒鳴り声が聞こえてきた。

見ると整骨院の前で、若い男と女子高生トリオが激しくやり合っている。

「あんたにあれこれ言われる筋合いはないんだよ！」

激しく言い立てているのは純子だ。

「センセ」

小牧ちゃんに促されるまでもなく。整骨院の前で喧嘩されるのは困る……と鋼太郎は施術の手を止め、患者に断ってから、引き戸を開けた。

「なあにを騒いでるんだ！」

「コイツが！　コイツがグタグタ言うから」

胸に小太郎を抱いた純子が目の前の若い男を指差す。

「餌やりするなとか野良猫を増やすなとか、大きなお世話なんですよ！」

「だってそうだろ？」

若い男が反論した。背が低くて痩せていて、黒ズボンに白いカッターシャツにリュックを背負っている。もしかして、この男が猫キラー、こと高橋平蔵なのか？

「あんたらがエサをやるから、こいつらが元気になりやがって子供作って野良が増えるんだろ？　花壇を荒らすし、あちこちでウンコや小便して臭いし」

「アンタ目が見えないの？　この子は手術済みの『さくらねこ』って言うの。耳のこのカット、見えないの？」

純子が小太郎の耳を若い男に見せつけた。

「だからこの子が野良猫を増やすことはありません。それにうちら、いつだって食べ終わるまで見ているし、食べ残しと容器はきちんと片付けてます！」

「そんなのアテになるかよ」

若い男はそう言ってそっぽを向いた。

「とにかく、野良猫は社会の害悪なんだよ！」

そう言ったときの若い男の目が、なんとも嫌な感じがした。普通の目なのだが、光り具合と言いカタチと言い、いわく言いがたい、生理的に嫌悪感を催させる目つきなのだ。

「君が、高橋平蔵君か？」

鋼太郎は、猫キラーの、と言いかけてかろうじて思いとどまった。

「そうだけど？」

「この猫は、ウチの外猫だ。見ろ、そこに小屋もあるだろ」

「だったら家の中で飼えよ。外猫ってまぎらわしいんだよ！」

悪名高い（らしい）高橋平蔵は平然と言い放った。やっぱり、生理的に受け付けない雰囲気の野郎だ、と鋼太郎は思った。

「おい若造。口の利き方に気をつけろ」

　鋼太郎がキレかけたとき、小牧ちゃんが整骨院の中から出てきた。

「うざいんだよアンタ！　ヒトんチの猫のことであれこれ言うなぁっ！」

　ずいと前に出てきた小牧ちゃんを見て、高橋平蔵は怯み、一歩あとずさった。

「だいたい、この子がアンタになんの迷惑をかけてるって言うんだよ？　え？　なんも関係ないだろ？　アンタ、聞けば猫殺しのド変態だそうじゃないか。猫、殺してるんだろ？　動画撮ってんだろ？　それを学校で見せびらかしてるんだよね？　そんなイヤガラセでもしないと、誰にも相手にされないおかしいヤツなんだろ？」

　小牧ちゃんの、小柄で可憐な姿から出てくるとは思えないドスのきいた声に、高橋平蔵は顔を引きつらせ、ひと言も返せなくなった。

「だいたい、猫を殺すことがお話にならないでしょ。その上、学校に持ってくるなんて、言語道断というか、あんたそれでも人間なのっ！」

「それ……誰に聞いたんだよ？」

「みーんな知ってるわよ。この辺の人はみんな。あんたが変態だって！」

やんのか？　と小牧ちゃんは拳を固め、正拳突きの構えで、ぐいと突き出した。

自分の顔の前で寸止めされた拳を見た高橋平蔵は、凍りついたような表情になり、あとずさりすると、踵を返して脱兎の如く逃げ去った。

「なにあれ？　絵に描いたようなヘタレじゃん」

小牧ちゃんの言葉に、鋼太郎も溜息をついた。

「まあ、同じ変態なら妙に有能だったりすると逆に怖い。アイツくらいのバカが、まだマシだ……」

その時、整骨院の中から「おーい、まだか？」という患者の声が聞こえたので、鋼太郎は急いで治療に戻った。

その日も、大して客は来ないながらも仕事をして、夜は飽きもせず居酒屋「クスノキ」で小牧ちゃんと酒を飲み、女子高生トリオをからかった。

帰宅すると小太郎がニャンと挨拶したので晩ご飯をあげて、鋼太郎は眠りについた。


が、その翌朝の日曜日。

朝ご飯をあげようとしたのに、小太郎の姿がない。深夜の猫の集会から、まだ戻っていないのか？　それとも縄張りのパトロールか、よそで御飯を貰っているのか？

今までも、どこかで朝ご飯をよばれて、そこでしばらく滞在して夕方帰ってくることもあった。自由気ままな暮らしが、外猫の特権だ。その自由を奪われることを嫌って、内猫になるのを拒む猫さえいると聞く。

昨日の猫キラー・高橋平蔵の顔がチラついたが、あんなヘタレに何ができる、と頭からバカにしていたので心配すらしていなかった。

しかし、小太郎はいっこうに帰ってこない。

まず、小牧ちゃんが心配し始めた。

「センセ、小太郎を捜しに行っていい？」

「大丈夫だろ。外猫は歩き回るのが仕事なんだから」

「だから、歩き回っていて車に轢かれることもあるでしょ？　ちょっと前ならほら、三味線の皮にするのに猫をさらうヤカラが出没していたけど、今はいないようだし……」

などと話しているところに、女子高生トリオがやって来た。彼女たちは日曜でも小太郎の世話をしに来るのだ。

「あれ？　小太郎は？」

早速かおりが訊いて小牧ちゃんが答えた。

「それが……まだ帰ってこないのよ」

「え？　それ、おかしくない？」

三人は顔を見合わせ、異口同音に「猫キラーじゃね？」と言った。

「昨日うちらがガンガン締めたから、仕返しにアイツが誘拐したんだよ！　きっとそうだよ！」

純子が言い、かおりや瑞穂も賛同した。

「アイツ、人間相手だと絶対に勝てないから」

「そうだよ。弱い猫に八つ当たりしてるんだよ」

「じゃあ、もしかして、あいつが小太郎を誘拐したのなら、まさか……」

小牧ちゃんの顔がみるみる強ばっていく。

「用心して、昨日は中に入れてあげればよかった」

そう言って小牧ちゃんは鋼太郎を睨んだ。

「最初から内猫にしておけば、こんなことには」

「待ちなさい。まだ小太郎が殺されたとは限らない。今から、高橋のところに乗り込もうじゃないか！　生きたまま奪還するんだ！」

おーっ！　と拳を振り上げた、その勢いのまま五人は整骨院を出た。小牧ちゃんを先頭に、全員で「高橋興産」の本社兼社長宅を目指した。

住宅街の中に、ひときわ敷地が広くて凝ったつくりの和風建築が建っている。それが社長宅だ。と言っても、建ってからかなりの年月が過ぎた感じの古ぼけた建物だ。

小牧ちゃんが、格子戸のインターフォンを押した。

「どちら様？」

中年女性の声で応答があった。奥さんか家政婦さんか？

「こちらの息子さんに用があって来ました」

「坊っちゃまに？　どういうご用件で？」

小牧ちゃんの代わりに瑞穂が答えた。

「猫の件、と言ってくれたら判ると思います」

少し間があって、門の格子戸が開いた。やたら腰の低い女性が踏み石を伝って玄関に案内してくれたが、この人はお手伝いさんだろう。

「ウチの平蔵がどうしたって？」

玄関に招じ入れられた一同の前、沓脱ぎを上がったところに立っていたのは、ゴルフシャツ姿の中年の男だ。背は高くないが腹回りはでっぷりとして、眼光は鋭い。これが高橋興産の社長で、平蔵の父親か。

中年の男はこちらを睨みつけている。いかにも中小企業のワンマン社長、という感じの威圧感だ。

「私が平蔵の父の高橋啓蔵だが」

こうなると、直接話をするのは女子高生や小牧ちゃんよりも鋼太郎の出番だ。

彼は女子高生トリオに押し出されるように前に出た。

「オタクの平蔵君に話があります」

「なんだ、あんたは？　コドモの喧嘩にわざわざ親が出て来るのか？」

「コドモの喧嘩で済まされる問題ではないから、私が来ている。オタクの平蔵君が、犯罪と言っていい行動に手を染めていることを、お父さん、あなたはご存じか？」

「知らんね。平蔵は自分の好奇心の赴くままに振る舞っているだけだ。言うなれば探究心が強い、学究肌というところだ。天才的な面もあるから、その辺の凡人とはソリが合わないこともあるだろう」

「親の欲目ですな」

あんたが甘やかすからだ、と言いたいのを鋼太郎は必死に堪(こら)えた。

「天才なら何をやっても許される、とでも言うおつもりか？　平蔵君は猫の死体を学校に持ってきて級友に見せつけたりしているのだが、そのことについては？」

「それが何か？　平蔵には芸術的なセンスがあるので、そういう一見、非常識に見えるパフォーマンスを自然にやってしまうこともある。我々凡人が止めてはいけない。偉大な芸術家の芽を摘むことになるからな」

マジか……親馬鹿にもほどがあるっしょ、と純子がつぶやくのが聞こえた。

瑞穂が父親を追及した。

「お父さんはそれで猫キラー、じゃなかった平蔵君に、ナイフを大量に買い与えているんですか？」

「その通り」

悪びれる様子もなく父親が答える。

「子供の才能を伸ばしてやるためには、親はできるだけのサポートをしなくてはならないからね」

「ナイフと才能のサポートにどんな関係があるんですか！」

「凡人には判らない、何かがあるのだろう。それは私にも説明できないが、天才とはそういうものじゃないのかね？」

父親の啓蔵は平然と言った。

「うちは、このあたりではちょっとは知られた家柄だ。カネにも不自由していない。うちの平蔵にしても我が家にふさわしい、特別な人間であることは当たり前だ」

「なるほど。ご子息は学究肌で集中すると周囲が見えなくなる天才で、なおかつ芸術家でもあるから、凡人からすれば奇行に走っているように見える。しかし天才で、特別な人物のすることだから口を挟むなと言うことですな」

「その通り」

「しかしね、オタクの天才のパフォーマンスに、ウチの猫が使われる危険性があってですね、だからこうしてお邪魔したんです」

「なに？　猫？」

そう言うと啓蔵は笑い出した。

「大勢で押しかけてきて、一体何の話かと思ったら、猫？　なんだそれ。猫？」

嘲笑された鋼太郎はキレた。

「アンタにはただの猫だろうが、こっちにとっては家族も同然の存在なんだよ！」

「家族も同然だったら、大事に家の中に閉じ込めとけばいいだろ！　野良猫と区別もつかない猫なんて……バカバカしい」

更なる嘲笑に鋼太郎は激昂した。

「なあんだ、その態度は！　たかが駄菓子屋のくせして！　一個一〇円のクソ不味いイモ天とかゴボ天とか、食ったら下痢するような子供騙しのモノ作りやがって、なにを偉そうにしてるんだ、この勘違い野郎が！」

「なんだと？　もういっぺん言ってみろ！　ウチのお菓子で大きくなったクセして、ウチにエラそうなこと言えるってのかこの野郎！」

「駄菓子屋ふぜいが偉そうな顔してるんじゃねえっつてんだよ！　この辺じゃあ老舗だろうが、ただ古いだけだろ！　昔から同じモンしか作ってねえくせに」

「昔と同じ味を求められてるんだから仕方ねえだろ！　客は今の子供より昔の子供の方が多いんだよ！」

「ほうそうか。だからだな。まるで進歩のねえ商売しか出来てねえのは！」

と、本題から大きく外れた罵り合いが始まって、小牧ちゃんも女子高生トリオも口が出せなくなってしまった。

が、父親の陰に隠れて、家の奥からチラチラ玄関先を覗き見する人影があった。

息子の平蔵だ。

猫キラーは、親の背後でせせら笑っていた。が、その目は笑っていなかった。

「警察じゃ、シリアル猫キラーは取り締まらないのか！」

高橋家ではまるで取り合ってもらえなかった。当然、猫を取り戻すまでは納得できない一行はそのまま墨井署に直行した。一階の受付で談判に及んだが、案の定、窓口の警察官には取り合ってもらえない。

「猫じゃねえ……人間であっても、行方不明ぐらいではね。人間の、それも子供ならともかく」

門前払いの様相に、鋼太郎は吠えた。

「あんたじゃ話にならん！　この件は生活安全課だろ！　生活安全課の課長を呼んでくれ！　課長なら多少は話が判る」

えええええええそれは、と窓口の警察官は笑みを浮かべて頷いた。

「榊さんとウチの課長は、なかなかご昵懇のようですね」

「だからって、おれが錦戸課長と特別な関係だったりはしないぞ。あの男は清廉潔白すぎてビール一杯奢らせてもらえないんだからな！」

窓口の警察官は真顔になった。

「錦戸課長は今日、千住署で行われている東京東部地域の警察署会議に出席のため、午後から署にはおりません」

「なに？　それを先に言え！」

「そう言われましても……課長を出せとおっしゃったのはたった今ですから」

「今日は日曜だぞ！　日曜に会議をするってのか？」

「皆さんお忙しいので、今日しか時間が取れなくて。警察も忙しいんですよ。特にウチは、あの大事件が起きてますし」

「一家惨殺に生活安全課は関係ないだろ？」

「そんなことはない。課員のうちかなりの人数が特捜に持っていかれて、残った者の仕事が増えて大変なんです」

なにとぞ御理解をいただきたく、と返されてしまった鋼太郎は、反論できず、さりとて急には怒りも収まらず、いわば振り上げた拳を下ろせない状態になった。

その時。

「どうしました？」

聞き覚えのある声とともに、錦戸が颯爽と墨井署に入ってきた。

「会議が終わって、今戻りました。何が起きてるんです？」

錦戸の登場を予期していなかったのか窓口の警察官は驚いている。

「課長は直帰なさるのかとばかり」

「そんなことはありませんよ。見たところ、どうやら榊さんがまたしても難題を持ち込んで、署としては門前払いにしようとしたが、榊さんが性懲りもなく粘るので困っていた。そういうことじゃありませんか？」

「そのとおりなんだよ、錦戸さん、なんとかしてくれよ」

「……というわけで、なんとか仕返しをしたいんです。仕返しをしたからって小太郎が戻ってくるわけではないんですけど」

日曜は居酒屋「クスノキ」の定休日なので、一同、プラス錦戸は鋼太郎の整骨院に集まり、めいめいパイプ椅子や治療台に座って善後策を練った。

「この際、アイツの弱味を握るしかないと思うんです」

瑞穂が言った。一番冷静な分、戦略家だ。

「そうね。それがいいかも」

かおりと純子も賛成して、小牧ちゃんも同意した。

「アイツの身辺を、徹底的に調べる必要があるよね」

小牧ちゃんの言葉に、鋼太郎は思案した。

「私立探偵でも雇うか？」

「その前に、出来ることがあります」

瑞穂がスマホを突き出した。

「今、大抵の人が、自分のことをSNSに書きまくってます。日記代わりとか、自己主張とか」

「いわば、存在証明ですね。レーゾンデートル。自分がここに居るぞって発信すればとりあえず手っ取り早い『存在証明』になりますからね」

錦戸が能書きを垂れている間に、女子高生トリオは早くもスマホを駆使して検索を開始していた。

「見つけたよ！　裏サイトに猫虐待の動画をあげてる！　名前は……ジャスティスだってさ！」

瑞穂がまず叫びを上げて、スマホの画面をみんなに見せた。確かにおぞましい猫虐待動画を複数……それも三つ四つではなく二桁、あげている。

「逮捕してもらえません？　これだけ証拠があれば充分でしょう？」

純子が錦戸に詰め寄ったが、瑞穂は泳がせようと主張した。

「いやいや、どうせなら徹底的に洗って、アイツと、アイツのクソオヤジが完全に負けを認めるくらいの証拠を集めようよ！」

やがて。

「見てよ！　インスタグラムでは金持ち自慢してるよ。自宅の超ハイスペックPCをゲーム専用にして、高価なゲーミングチェアに座って、おまけに一二〇インチの『おれ専用ホームシアター』だって。この大画面でゲームするんだって」

瑞穂は吐き捨てた。

「バッカじゃねえの？」

「私も見つけましたよ……フェイスブックで……いやはや、香ばしいですね。野良猫は社会の害だみたいなブログをリンクしたり、地域猫を世話するサークルに殴り込んでメンバーを罵倒して大喧嘩になってブロックされたり……」

　イタさの極みです、と錦戸もスマホの画面を一同に見せた。

「これはヤバいわ……」

「これはアレだね……いわゆる迷惑ユーチューバーってやつなのかね？」

　何も見つけられない鋼太郎が置いてきぼりにされまいと訊き、錦戸が解説する。

「ちょっと違うけど根本は同じですね。要するに注目されたいんですよ。しかも、ユーチューブはカネになります。どんな迷惑行為でも、閲覧数が多ければお金になるんです」

「そういう仕組みはおかしいんじゃないのか？　バカがカネ目当てに際限なくバカなことをしてその画像をアップする……そういうことだろ？」

　鋼太郎の嘆きに、一同は頷いた。

「お店だってありますよ、そういう被害。食べられもしない量の料理を山ほど注文して、写真撮っただけで帰ろうとしたから大将がオイ待てよと怒ったら『カネ払えばいいだろ』

って。理屈じゃあ客に出したモノは、客が食べようがどうしようが客の自由なんでしょうけど……」

「そういや、テイクアウトを踏ん付けたり、ゴミ箱に捨てたりする言語道断な動画もありますよね」

かおりの言葉に、錦戸は苦い顔になった。

「ユーチューブも対策をして、そういう動画は非収益化、つまり収益が発生しないようにする、などの措置を取っていますが、中々追いつきません。今日の会議でも、生活安全課として、そういうネットでの愚行をどうすべきかが議題にもなったんですが……微妙なラインの場合は私的権利と絡んでくるんで、なかなか難しいです。私権制限になってしまうので」

「だけど、コイツは猫も殺してるんですよ！」

と瑞穂が大声で言い、次の瞬間、整骨院の入口を見てフリーズした。

全員が振り返り、瑞穂の視線を追うと……ガラス戸の向こうには猫キラーの高橋平蔵、まさに当の本人が立っていた。

猫キラーはガラス戸を開け、「いいかな？」と悪びれる様子もなく入ってきた。

「今日は日曜でお休みだよ」

鋼太郎が冷たく言うのもお構いなしに、しれっと挨拶をする。

「この前はどうも」

「どうもじゃないよ。小太郎を帰せ」

鋼太郎が詰め寄ったが、平蔵はしゃあしゃあと言った。

「いや……そんな猫は知らない。なんでおれに訊くの？」

そう言いつつ、二歩も三歩も入ってきた平蔵は、感情のない声で言った。

「みなさん揃って、何やってるんですか？　お祭りの相談ですか？」

平蔵はノートパソコンらしいものを小脇に抱えている。

「君、嫌われてるんだよ」

錦戸が超ストレートな言い方をした。

「何しに来たんですか？」

そうだ、と鋼太郎も言った。

「飛んで火に入る夏の虫とはこういう事を言うんだ」

「ごめん。何言ってるのかちょっと判らないです」

うそぶく平蔵に、鋼太郎は言った。

「もしかして金持ち自慢か？　その小脇に抱えてるパソコンを見せびらかそうってのか？」

鋼太郎は平蔵が抱えているノートパソコンらしきものを指差した。

「せっかくの日曜に君、何やってるんだ？　友達がいないのか？」

「別に。通りがかったら電気がついてたから」

見え透いた言い訳をした平蔵は、得意そうに言った。

「まあ、でも見たいんなら見せてあげるよ、おれの新しいマシーンを」

平蔵はノートパソコンを治療台においてフタを開けた。

「メーカーに特注したオーダーメイドで、ＳＳＤだからストレスフリーだしメモリーも一二八メガ積んでるし、ＣＰＵは最新最速の Core i9 11900K のクワッド並列だ！」

平蔵は熱く語るが、当人以外の全員の視線が冷たい。我慢できずに鋼太郎が言った。

「あのさ、おれはアナログ世代だから、そんなこと言われてもチンプンカンプンなんだよ。自慢するならもっと他の事にしたらどうだ？」

鋼太郎がそう言うと、平蔵は「それもそうだ」と返事をした。

「実は猫殺しの自慢に来た……って言ったらどうする？」

「何言ってるのよ！」

女子高生トリオはいきり立ったが、平蔵はどうやらその反応が楽しいらしい。

コイツは変態か？　と鋼太郎は呆れた。もしかして嫌われることにエクスタシーを感じているのか？　だが平蔵はさらにあおった。

「スマホの動画じゃよく判らないだろうから、パソコンの大きな画面で見せてやろうかな、と思って」

女子高生トリオに憎悪丸出しの視線で睨まれた平蔵はさらに煽った。

「ぶっちゃけ、猫を殺すのは楽しいんだよね。犬より猫の方がいいなあ。特に子猫ね。馬鹿というか恐れを知らないというか、餌が欲しいのか人恋しいのかニャアニャア寄ってくるから、それを捕まえて、壁に叩きつけてやるの。一撃必殺で動かなくなることもあるし、白眼を剝いてめっちゃケイレンして死にきれないときもあるから、その時は踏ん付けてやる。苦しみは短い方がいいだろ？」

ひひひ、と笑った平蔵が治療室を見渡すと、奥まったロッカーの陰に隠れたところに座っている小牧ちゃんと目が合った。

「あ」

昨日、平蔵は小牧ちゃんに怒鳴られ、正拳突きを寸止めにされている。女子高生たちに小馬鹿にされるのは気持ちいいが、激しい怒りをぶつけられるのは苦手らしい。

「あ、あんた……どうして、ここに」

「どうしてって、ここは整骨院で、アタシはここの従業員だもの」

「さっきいなかったろ」

「ずっといたよ。ロッカーの陰だったけど、ここまで来てアタシがいるのに気がつかないアンタ、スキがありすぎるんじゃないの？」

え？　どうなのよ？　と凄みながら勢いよく立ち上がった小牧ちゃんに、平蔵は恐れをなしてふたたび逃げ腰になった、

「アンタさあ、小太郎をどこにやったのよ？　え？　事と次第によっては、力ずくでも聞き出すつもりだけど？　ここには墨井署生活安全課の課長さんもいるけど、こうなったらアタシも逮捕上等だからね！」

そう言われて仰天した平蔵は「警察が？　嘘だろ」と一同を見渡した。すると、錦戸が小さく手をあげた。

「墨井署生活安全課課長の錦戸だ」

そういうと、錦戸も立ち上がった。

「君が本当にこの連続猫虐待の実行犯ならば、話をじっくり聞かせて貰わないといけないね」

そこまで言われた平蔵は、蒼白になって後ずさった。

「いや……おれは本当に、ここの猫のことは知らないんだ……ホントだよ」

女子高生トリオが立ち上がり、最後に鋼太郎も立ち上がった。

「おい、猫殺し。おれは高校時代、柔道と合気道と空手でインターハイに出たことがあるんだ」

トゥ！　と鋼太郎は空手の型のようなポーズを作った。

「いや、それは……あっ用事を思い出した！」

平蔵はそういうと、大慌てで整骨院のドアを開け、雲を霞と逃げ去った。

診察台には、平蔵ご自慢の、オーダーメイドのノートパソコンが残されている。

「それ、中を見ましょう」

「この際、仕方ないものね」

「うん。やるっきゃない！」

女子高生トリオが平蔵のノートパソコンに手を伸ばした。

「待て待て……他人のパソコンをみだりに見てはいけない」

錦戸は警察官としてストップをかけた。

「いけないの？　どうして？」

「『不正アクセス行為の禁止等に関する法律』の第三条に抵触します」

「そうなんだ？　でもアイツは犯罪者ですよ？　猫を殺す画像がこれに入っていると言ってたでしょう？　これは証拠物件ですよ？」

小牧ちゃんもそう言った。

錦戸はしばらく考えていた。

「ほら、見るなら早くしないと、あのバカが取り返しに来ますよ！」

小牧ちゃんが急かして、錦戸も頷いた。

「判りました。私は今から十分ほど、席を外します。その間にここで起こったことについては、当然のこととして、私は知るよしもない」

いいですね、絶対に中味を見るんじゃないですよ！　と言い残して、錦戸は外に出ていった。

「あれはさあ、ダチョウ倶楽部の『押すなよ、絶対に押すなよ』だよね」

と女子高生トリオは言いながら、平蔵のノートパソコンに触れた。

電源は入ったまま。ロックもかかっていない。

瑞穂がキーを操作し、ディレクトリの奥深くにずんずん入って行く。

「瑞穂、パソコンに詳しかったんだっけ？」

その慣れた手つきを見たかおりが訊くと「幽霊部員だけど、一応パソコン部」という返事が返ってきた。

「なにこれ？」

地図やグーグルアースの航空写真を保存したデータが、ひとつのフォルダにまとめられている。

それらの画像を一覧すると、民家を撮影した航空写真と、それに対応する地図ばかりが保存されていることが判った。

「あ、今見入ってないで、アイツが取り戻しに来る前に、保存しとこうよ」

小牧ちゃんがＵＳＢメモリーを差し出した。

「これに片っ端から怪しいファイルをコピーしちゃおう!」

「判りました」

と、瑞穂が、そのフォルダや、その周辺にあるいくつかのフォルダをまとめて保存し終わった時、ガラス戸が開いた。

錦戸が帰ってきたのかと思ったら、立っていたのは平蔵だった。

「おれのパソコン、返せ!」

「そうだと思った。はい!」

小牧ちゃんが蓋を閉めたノートパソコンを渡した。

「なんだか熱いな……まさか、中を見たんじゃねえだろうな?」

「見ません! ド変態が猫を殺してる画像なんか見たくないもの」

「じゃあなんで熱いんだよ?」

「凄く高性能なパソコンだから、起動してるだけでもCPUが熱を持ってパワーを消費するんじゃないの? インテルはそこを解決できないのよね」

瑞穂がマニアっぽいことを言ったので、ヘタレな平蔵はうまく言い返せずキレた。

「知ったかぶりするな! なんにも知らないくせに」

「なんにも知らないのはどっちよ。パソコンなんてスペックだけ追求してもバランスが悪かったらすぐフリーズするんだから……って、自分で組み上げてもいないあんたには判らないか」

瑞穂にさらに突っ込まれた平蔵は顔を引きつらせている。

「明日見とけよ！　ビックリするな！」

と捨て台詞を残すと、パソコンを奪い取って逃げ帰った。

「なんなんだあれは……アイツの行動は、いまひとつ、よく判らないな」

見送った鋼太郎が首を傾げていると、入れ違いに錦戸が帰ってきた。

「警部殿。待ちかねたぞ」

鋼太郎はそう言って、彼を自分のパソコンの前に座らせて、電源を入れた。

瑞穂がすかさずＵＳＢメモリーをぶっ挿す。

「アイツのパソコンから怪しいファイルをコピーした」

「あ、それやっちゃいけないヤツ！」

錦戸は言ったが、鋼太郎にまあまあといなされた。

「とりあえずこの一連の写真、怪しいと思わないか？」

さっきの写真を表示させた。どれも山奥とか森の中とか、公園のそばとか河川敷にある、いわゆる「ポツンと一軒家」的な家の地図や航空写真だった。

「なんですかこれは？　件の人物はもしかして、あの番組のスタッフですか？」

錦戸がそう言いながら画像を見ていくと……「あっ、これは！」とディスプレイを指差した。

「あの家じゃないですか！　墨井公園住宅一家四人殺害事件の！　大隅さんのお宅だ！」

たしかに、その画像は、三日前に起きた重大事件の舞台となった家の、航空写真と地図だった。そして、この家についてだけ、グーグル・ストリートビューから取った家の外景や周囲の様子の画像が付け加えられていた。

「これは……」

錦戸は緊張した面持ちで、画像をじっくりと見た。

「証拠としてはあくまでも、傍証としか言えませんが……」

「だったらアイツを猫殺しでとっ捕まえて、こっちの件を自白させればいいんじゃないの？　現場にはいろいろ残ってるんだろ？」

鋼太郎は刑事ドラマで得た知識でベラベラ喋ったが、アナタねえ、と錦戸に注意を食らった。

「別件逮捕はいろいろと批判が強くて、そうそう使えないの。それに、現場からは今のところ犯人に結びつく証拠が見つかっていないんです」

DNAはおろか足跡さえ、と錦戸。

「だから捜査は行き詰まってるんじゃないですか！　動機も不明ですし」

錦戸はそう言いながら、フォルダの中の他の画像を残らず見ていった。

と……。

東京から離れた場所にある、山の中の一軒家の画像が複数出てきた。

「ねえ、これはどこ？」

小牧ちゃんが訊いた。

「栃木県の……日光市辺りですね」

錦戸は地図を拡大して、さらにじっくりと検分した。

「今市の市街から行く川を挟んで山側の……県道鹿沼日光線沿い、住所で言うと……日光市川久保ですね。神社や温泉などがある地域で、見ての通り、この辺は街から少し離れると山林になって人家がまばらになります。日光市は関東で一番広い市ですからね」

「これは……もしかして、アイツが次に狙ってるところじゃないのか？」

犯人だとしてだが、と脇から覗き込んでいた鋼太郎が言った。

「これを捜査本部に持ち込めば、第二の犯罪を防げるぞ！」

「う〜ん」

唸る錦戸を鋼太郎は急かした。

「なにをためらっているんだ？　これで事件が解決したら、あんたの御手柄になって、大手を振って警察庁に戻れるんじゃないのか？　復帰する先は刑事部捜査一課。がんがんピストル撃って犯人をぶん殴って……」

「ふた昔前の刑事ドラマの見過ぎです！　今の刑事ドラマ、ほとんど拳銃撃たないでしょ」

錦戸はそう言って思案した。

「この情報をどうやって知ったのかと聞かれた場合……犯人のパソコンから盗み出したって事になると、裁判で証拠として認められない可能性があります」

いわゆる毒樹の果実です、という錦戸を鋼太郎は責め立てた。

「そんなこと言って！　じゃあ、このポツンと一軒家の住人が、第二の事件の犠牲者になるのをみすみす放っておくっての？　それが警察のすることか！」

　あんたはマイナスが怖いんだ！　と鋼太郎は喚いた。

「違いますよ！　私は失点など怖くない。ただ……」

　錦戸は、その先を言い淀んだ。

「猫などの小動物に危害を加えるのは、別の凶悪犯罪の予兆であることが多いのです。神戸連続児童殺傷事件の犯人、通称・酒鬼薔薇聖斗なども猫を殺していましたから……だから」

「アイツが、高橋平蔵がやってるに決まってるじゃないか！」

　鋼太郎が水を向けた。

「うん……アイツならやりそう……」

「そう。絶対にやる」

「怖いよね」

　女子高生トリオは顔を見合わせてぶるっと震えた。

「あんた、前に、この事件は世田谷一家殺害事件と似ているって言ってたよな。痴情怨恨・物盗り・金銭トラブルなどの動機が一切見当たらないところが」

鋼太郎がそう言ったのに、錦戸が応じた。

「世田谷の事件も、痴情怨恨、金銭、口封じなどが原因ではなく、『殺害そのもの』が目的だったのかもしれませんね」

それに小牧ちゃんが乗った。

「猫を殺す目的は楽しいからだってアイツ、言ってましたよね。いじめ抜いて殺すのが面白いって」

錦戸は立ち上がって、治療室の中を歩き回った。

「この家をきちんと特定する……しかし東京ではない……現地の警察に捜査協力を依頼する……しかしそれは公式ルートを使うしかない……しかし、捜査本部にこの件を伝えるには、まだいろいろと足りないものがありすぎる……」

「防犯カメラの画像はどうなんだ？　犯行現場の、大隅さん宅の周辺をウロウロしていたのが高橋平蔵なら、キマリだろ。そのへん、どうなってるんだ？」

「どうもね、該当者が多すぎて、片っ端から任意同行というわけにも行かず、絞り込むのに時間がかかっています。それ以前に、映っている該当者の身元を割り出すのが大変なんですよ……」

「まだるっこしいねえ！　そんなこと言ってると、第二の犯行が起きちゃうぞ！」

鋼太郎は上着を取って出かけようとした。

「何処（いずこ）へ？」

「決まってるだろ！　日光だ。第二の犯行を防がなければ！」

錦戸が立ち上がった。

「鋼太郎さん、民間人であるあなたが行っても話にならない！　私が行こう！」

「わ。なんか、刑事ドラマみたい！」

小牧ちゃんが叫んだ。明らかにワクワクしている。

＊

あくまで非公式な捜査なので、錦戸は警察官としては単独行動を取った。警察車両は使わず、鋼太郎の相当ガタのきた車で、東北自動車道を日光に向かった。

「どうもね。大勢乗ると車が重くて敵わない」

ハンドルを握る鋼太郎はブツブツ文句を言った。

「こんな車に六人は道路交通法違反だよね！　いいの？　錦戸さんよ！」

「だって、全員が行くと言って聞かないじゃないですか！」

「いや、警部殿を一人で行かせるわけにはいかない。アイツはヘタレな猫殺しではあるけど、人を殺すのが好きな快楽殺人鬼かもしれない。大隅さん一家を襲って味をしめて、きっとまたやるつもりだ」

鋼太郎は脅しにかかった。

「しかも、今夜、高橋平蔵が実行するかどうかも判らない。長期戦になるかもしれないんだから、人手は多いほうがいいだろう」

「いえ、たぶん今夜だと思います」

小牧ちゃんが言った。

「『明日見とけよ！　ビックリするな！』って言ったじゃないですか、平蔵は」

「あれは勢いで言ったのかもしれない」

ところで、と鋼太郎は今気がついたかのように言った。

「純子君にかおり君に瑞穂君。君たちは高校生だぞ。明日の学校はどうするんだ？　いやそれ以前に、君たちは親御さんに連絡してあるんだろうね？」

女子高生トリオは「してありまーす」と声を揃えた。

「そう言えば、ウチの整骨院はどうする？　いくら客が少ないとはいえ、明日は予約入ってるんだぞ」

「今頃気がついたんですか、センセ？　大丈夫です。今晩中にカタがつかなければ、明日、私がお断りの電話を入れます」

「まあ、長くかかるようでしたら日光署に話をして、具体的な張り込みについては、やって貰うことになるでしょう」

「え〜。うちらアイツが捕まる決定的瞬間が見たいのに！」

女子高生トリオはまた声を揃えた。

「バカモン！」

鋼太郎が叱りつけた。

「これは物見遊山じゃないんだぞ！　日光の、ターゲットになっている一家を救いに行くんだぞ！　それは判ってるんだろうな！」

「判ってます……判ってますけど」

はしゃいでいた純子が、シュンとなった。

「だけど、あいつが捕まるところが見たい。というか、捕まえたいの！」

純子に、他の二人もそうそうと同意した。

「まあ、来るな、とお前らを説得する時間すら惜しかったからなあ」

という鋼太郎に、錦戸がツッコミを入れた。

「榊さんだって、本当の事を言えば、民間人なんだから来るべきじゃなかったんですけどね」

「乗りかかった船だ。おれは行くよ」

鋼太郎は聞く耳を持たない。

「……そう言えば、朝から猫キラー高橋ん所に怒鳴り込んで警察に怒鳴り込んで、お昼時には猫キラーが来て……お昼食べてないじゃない？　どこかサービスエリアに寄って何か食べようよ」

小牧ちゃんが提案した。

時間を見ると、もう午後三時になろうとしている。

鋼太郎のポンコツ車は、最寄りのサービスエリアに寄って三〇分の休憩をして、再び一路日光に向かった。

午後五時過ぎに日光署に着いた一行は、あくまで非公式にということで、署に居た刑事課課長と面談した。

「……なるほど。まあ非公式に、という意味も判りますが……ここまで情報が揃っていれば、墨井署の特別捜査本部も動くように思うんですが」

日光署刑事課課長はそう言って錦戸を見た。

「いろいろ、あるんですかな？」

「私が特捜のメンバーなら、素直に情報を提出して指示を仰ぐところですが……捜査から外れている人間ですし、マル被が地元の有力者の息子でもあるので、現行犯逮捕が手っ取り早いと判断しました」

ご迷惑をお掛けしますが、と錦戸が頭を下げたので、他の五人も合わせて頭を下げた。

「判りました。今ある情報からは、問題の住宅の所在地が、この日光市川久保三四五六の六番地であることが読み取れます。このお宅を重点警戒しましょう」

「この辺の防犯カメラはありますか？」

そう訊かれた刑事課長は、首を横に振った。

「この辺はねえ……人口が少ないし、防犯カメラの設置は、ほぼないですねえ……」

「ホシかもしれない男はまだ高校生なので、公共交通機関を使うのではないかと考えられます。その場合、東武線下今市駅かJR今市駅を使って現地まで歩いたか、近くまでのバスを探して乗ったと思われます。駅前などの防犯カメラの映像を見たいのですが……解析は我々がやりますので」

防犯カメラは、二つの駅前のものを中心に幾つかあったが、ターゲットにしている地域には設置されていなかった。

「バスについては……この地域を走る路線はありませんが、現場の一番近くを通っているのは、足尾に向かう地元の日光乗合バスですね」

「ならば、画像チェックを絞り込めます！　二つの駅前にある、バス乗り場を中心に見ていけば……」

昨日から二ヵ月分の防犯カメラ映像がすぐさま集められたが、モニターにへばりついてチェックする作業は、六人全員で分担することになった。あくまでも非公式の捜査である以上、日光署員の日常の業務を邪魔するわけにはいかない。

会議室にパソコンが三台用意されて、二人一組で映像を見ていく。

が、防犯カメラの映像チェックがこれほどの苦行だとは、全員が、実際にやってみて初めて判ったことだった。

「こら、寝るな！」

鋼太郎は始終、錦戸を除くほかの四人を叱りつけることになった。

だがそういう自分もすぐに眠くなる。ただただ通行人の姿を見るだけだから、三〇分くらい経つとすぐに飽きる。この中から特定の人物を割り出すのは至難の業だ。

午後六時過ぎに作業を開始、おにぎりやパンの「ツナギ」を食べながら、単調な作業なので襲ってくる睡魔と戦いつつ……午後九時になった。

「あ！」

と声を上げたのは、かおりだった。

「これ見てください！　一ヵ月前の日曜日の夕方です」

バスは往復、一日三本。東武下今市駅駅前が始発。その第一便は午前九時発車。それに乗り込む若い男の姿があった。

「拡大して！」

錦戸が叫び、瑞穂が操作して画面を拡大したが……拡大すると画像がぼやけてしまう。

これだけでは高橋平蔵であるとは特定出来ない。

「だが、ここまで判れば、バスの車載カメラの映像が探せるぞ！」

取り寄せるより行った方が早い。

一行は「日光乗合バス」の本社に走り、無理を言って一ヵ月前のバス車内の画像を見せて貰った。

すると……果たしてそこには、座席に座り、前を向いている高橋平蔵の姿が、はっきり映っているではないか！

「駅からの所要時間は四〇分。『北川久保』のバス停で降りて、歩くこと七〇分……」

錦戸は地図をペンで指して、平蔵の足取りを示した。

「現場をじっくり見分して……また歩いてバス停に戻って……たぶん、終バス、第三便に乗ったはず。『北川久保』は一七時四〇分か」

問題の終バス、第三便の車載カメラ画像を探すと……錦戸の予測のとおり、疲れた顔の平蔵が乗ってきて、下今市駅までうたた寝している様子が映っていた。

「八時間か。往復一四〇分歩き、五時間以上、たっぷり現場を下見したんだな。何人家族か、どんな家族が住んでるのかまで観察したのかも」

錦戸は冷静に計算した。

「ゾッとしますね……」

かおりの声は震えている。

「さあ、もう夜の一〇時を回りました。平蔵が終バスに乗って現場に向かったとすれば、既に現場近くに潜んでいるはずです。もっと夜が更ける深夜まで、近くに身を隠しているると思われます」

錦戸はそう読んだ。

「どうする？」

鋼太郎は、自分の考えを述べた。

「平蔵がどこかに潜んでいるとすれば、我々が車で乗り付けると察知され、逃げられてしまう。だがこの機会を逃したくない。なんとしても今晩中にヤツを捕まえてしまいたい」

それも現行犯で、と鋼太郎は言い、地図を示した。

「このお宅はポツンと一軒家だ。現地までは一本の道しかないように見える。しかし」

ほら、と鋼太郎は細い道を指さして見せた。

「なるほど、裏側の山を越えて、このお宅に到達できる道がありますね」

いる。

錦戸は頷いた。

「この裏道を行けるところまで車で行って、あとは歩いて山を越えればいいわけだ」

「このお宅」とは、具体的には西浜浩次郎(にしはまこうじろう)さん一家が居住する住宅であることは判っている。

錦戸は、日光署刑事課長の了解を得てから、西浜さんのお宅に電話を入れた。

最初は何のことかまったく理解されずに説明に苦労したが、ようやく判ってもらえると、今度は西浜さんが恐怖に震える気配が伝わってきた。

「おい。犯人が来ると判ってるなら、守ってくれるんだろうな!」

「もちろんです。しかし、万が一の事を考えて、ご自宅から避難してください。裏山の道を使って」

「それは出来ん。ウチには婆さまがいて、寝たきりなんだ。置いていくわけにはいかん」

西浜さんご一家は、夫婦に高校生と中学生の子供、そして寝たきりの祖母という家族構成だ。

「ではですね、家の一番奥の部屋に、ご家族全員で閉じこもってください。ドアにはつっかい棒をするとか、窓には雨戸があれば雨戸を閉めるとかして、私からもう大丈夫という電話があるまで、閉じこもってください」

西浜さんが判ったと言い、六人は車で現地に向かった。

地図に従って、くねくねした山道の途中で車を止めた。そこから森の奥へと続く、けもの道のような細い山道を、手探りで越える。懐中電灯やスマホのライト機能を使うと平蔵に察知されるから、月の光だけが頼りだ。幸い、今夜の月は満月に近くて、明るい。

なるべく音を立てないように、もちろんお喋り厳禁で、黙々と細くて急な山道を登り、頂上を越えると、すぐ下に西浜さんのお宅が見えた。古民家風の農家で、庭が広い。

「どうします？」

鋼太郎が小声で錦戸に聞いた。

「我々も潜んで、敵が動き出すのを待つしかないでしょう」

現場に到着したのは、午前零時過ぎ。

平蔵が何時に行動を開始するか判らない。墨井区での事件の犯行時刻は午前二時三〇分前後だったが、時刻を決めて動き出すとは限らない。

一同は、まんじりともせずに、夜の屋外、家屋の横手の藪に身を潜めじっと待った。

山の中だけに、思いのほか冷える。しかしそれは高橋平蔵だって同じだろう。寒いのは同じはずだ。

やがて……。

午前一時を回り、そろそろ二時になろうとしたときに、ようやく動きがあった。

家に表から近づく道を、ひたひたという足音と、ひと筋の明かりが近づいてくる。

一同は家の横手に潜んでいるから、玄関先の様子は見える。

飛び出そうとした鋼太郎を、錦戸が止めた。

平蔵が決定的な行動に及ぶまで、待とうというのだ。

決定的な行動とは？

鋼太郎が囁く(ささや)と、錦戸も囁き返した。

「玄関を壊す、或いは窓を割ったら、それです」

「了解」

懐中電灯を持った人影は、ゆっくりと近づいてくる。

黒ずくめの服装に、黒いリュックを背負っている。

懐中電灯はどうやら手に持っているのではなくて、ヘッドバンドで頭に装着しているようだ。両手の自由を確保するためだろう。

黒い人影は、西浜さんのお宅の敷地に入ってきたところで、立ち止まった。

ゆっくりとリュックを降ろしてジッパーを開け、中からいくつかの物を取り出すと、ふたたびリュックを背負い、玄関に向かった。

昔風のガラスの引き戸式の玄関だと言うことは、ここに着いたときに確認してある。窓はすべて雨戸が閉まっているから、侵入するとすれば玄関からだろう。ガラスを割って手を突っ込んで、錠前（じょうまえ）式でもなんでも、内側からロックしている錠を開けようとする筈だ。

果たして。

人影は粘着テープを玄関のガラスに貼っている。ぺりぺりとテープを剝（は）がす小さな音が、かすかに聞こえてくる。

続いておそらくガラス切りだろう、カッターのようなものを使う音が聞こえた。

やがて、人影が掌底（しょうてい）でガラスを叩く音がした。

パリンとも言わず、ガラスが割れる小さな音がした。

これから、割れた穴から手を突っ込んで、玄関を開けるのだ。

錦戸が大きく頷いて、立ち上がった。

同時に、鋼太郎と小牧ちゃんも立ち上がった。女子高生トリオは腰が抜けたように座り込んで動けない。

「高橋平蔵だな！　住居不法侵入の現行犯で逮捕する！」

錦戸が宣言するように大声で叫んだ途端、その人影は脱兎の如く逃げ出した。

すかさず小牧ちゃんが飛びかかり、その足をすくう。

人影は転倒したが、その時、ベルトから引き抜いて手にしたものが、ぎらり、と月明かりに光った。刃渡り数十センチはありそうなナイフだ。

「危ない！　刃物を持ってる！」

鋼太郎が叫び、飛びかかった。ナイフを叩き落とすべく羽交い締めにしようとしたが、不覚にも振りほどかれ、逆に首筋にナイフを突きつけられてしまった。

「なんだ整骨院のオッサンか。じゃあお前を殺す」

平蔵の声だった。

ナイフがまさに突き立てられようとしたとき、だが、平蔵の腕を摑んだのは錦戸だった。

二枚目で格好を気にする男だとばかり思っていたが、意外にも錦戸は、平蔵の手首にがぶりと嚙みついた。

「痛てっ！　なにしやがる」

平蔵は叫んだが、ナイフは落とさない。

だが一瞬、腕の力が緩んだので、鋼太郎は平蔵を殴った。脇腹といい足といい、手当たり次第に殴りつけ、蹴り上げた。

「おい、誰かここの警察に援軍を頼め！」

「今電話したよ！」

家の中から西浜さんの声がした。

だが追い詰められた平蔵は「火事場の馬鹿力」を振り絞った。錦戸の腕を振りほどき飛びかかった。手にしたナイフで錦戸をぶっ刺そうとしている。

「錦戸さん、危ないっ」

だが鋼太郎が叫んだと同時に、平蔵に体当たりする弾丸のような姿があった。小牧ちゃんだった。

「うわっ」

突き飛ばされた平蔵のナイフが空を切った。ナイフは小牧ちゃんの背中をかすめ、衣服をザックリと切り裂いた。

「この野郎！」

　ブチ切れた鋼太郎が平蔵に飛びかかった。引き倒しざまに右手首を思い切り踏みつける。嫌な音がして平蔵の手が開いた。手からこぼれ落ちたナイフをすかさず錦戸が奪い、

「凶器、確保!」と叫んだ。

「うおおおおお」

　野獣のような咆哮を発した平蔵は、服のポケットからさらに一本、今度はバタフライナイフを左手で取り出すと、右手首を踏んでいる鋼太郎の足にぶすりと刺した。

「アウチッ!」

　アメリカ映画みたいな悲鳴を上げて鋼太郎は腿を上げ、ぴょんぴょんと片脚であとずさった。

「この野郎っ!」

　冷静なはずの錦戸が逆上して、平蔵の顔を思い切り蹴った。

　グギッという嫌な音がして、平蔵の顔はアサッテの方に向き、そのまま動きを止めるか……と思いきや、平蔵はよろよろと立ち上がり、ふたたび向かってきた。

　それを見た錦戸は、平蔵の腕を摑んで一本背負いのように投げ飛ばした。

　地面に激突した平蔵は倒れたまま、バンザイをした。今度こそ動けなくなったようだ。

「ま、参った……クビが動かない……」

「小牧ちゃん！　手伝って！」

錦戸が叫び、平蔵の上半身に乗りかかって両腕を押さえ込み、小牧ちゃんが両脚の動きを封じた。

「午前二時一九分、被疑者、確保！」

遠くからパトカーのサイレンが聞こえてきた。

「お、おい……オッサン……クビをなんとかしてくれ」

平蔵が泣きそうな声で言った。

「お安い御用さ」

鋼太郎は自分で足からナイフを抜くと、平蔵の頭の上にしゃがみ込んで、両手で頭の左右を摑んだ。そのまま顔が正面に向くよう、一気に回してやる。

グギッという音がして、首の関節が元に戻った。

「いいか、整骨のワザはこうして直すだけじゃねえぞ。お前の体を悪くも出来るんだぞ」

そう言ってヒヒヒと笑う鋼太郎の不気味な形相を見て、平蔵は涙目になった。

それからしばらくして、鋼太郎と小牧ちゃん、そして女子高生トリオにも墨井署から感謝状が贈られることになった。

*

「被疑者・高橋平蔵は未成年ではありますが、黒井公園住宅一家四人殺害事件について全面的に犯行を自供しました。そして区内で頻発していた猫虐待と猫の死体損壊についても自供しました。もちろん、日光市における家宅侵入についてもです。危険を顧みることなく警察にご協力戴き、誠に有り難うございました」

墨井署署長は五人に敬礼してから、錦戸を見た。

「錦戸課長。特別捜査本部に断りも無く勝手な行動をしたことについては、近く監察官が調べることになる。とは言え」

墨井署署長は、錦戸に「警察功績章」を与えた。

「錦戸課長、困るね。こんな大事な事、どうして特別捜査本部（チョウバ）に知らせてくれなかったんだ？」

　本部長である警視庁捜査一課課長の山際昌三警視正が責めるように言った。

「申し訳ありません……しかし被疑者は未成年であるし、有力者の子息でもあるということで、この手掛かりが無視されてしまう危険性を感じましたので……」

「それは警察批判かね？」

　ガタイのいい捜査一課課長は訊いた。

「いえ、とんでもありません！」

　即座に否定したが、「どうせ握りつぶしただろうお前ら」と言ったも同然、という事実は取り消せない。

　署長室は、きわめて居心地の悪い空気に包まれた。


「ま、だからってクビになるわけじゃあないでしょう？」

　居酒屋「クスノキ」でささやかな会が催された。祝賀会とするのは事件で亡くなった大隅さん一家に申し訳ないので、事件の解決を記念する内輪の会と言うことになった。

「そうですねえ、クビにはならないと思いますけど、更なる左遷が待っているかも」

「墨井署以上の左遷ってあるのかね？」

無神経に鋼太郎が訊くと、錦戸は手を振った。

「とんでもない。墨井署は島流しにされるような場所じゃないですよ」

「そうか。まあ、これからもよろしく頼むよ……」

鋼太郎がほろ酔いで帰ってくると、整骨院の近くでニャーンという鳴き声が聞こえた。

もしや、と思い慌てて周囲を見回していると、暗闇から小太郎がひょっこりと顔を出して、とことことこと鋼太郎に走り寄ってきた。

「おおおお、いい子だいい子だ！　お前、どこに行ってたんだ？」

見たところ、痩せてもいず、毛艶もいい。

たぶん、どこかの家に上がり込んで、そのまま飼われていたのだろう。

「なるほど。こんなに心配するんなら、外で飼うのは間違ってたって事だな……」

鋼太郎は小太郎を抱いたまま、整骨院の中に入った。

第四話　女殺油地獄

「五円？　袋に五円も取るのかよ？　前はタダだったろ！　なにケチ臭い商売してるんだよ！　袋で五円か！　ぼろい商売だな！」

コンビニのレジから大声が響いた。

偶然、店内に居合わせた錦戸と鋼太郎は顔を見合わせた。錦戸はいつも読んでいる雑誌を買いに、鋼太郎は昼メシの弁当を調達にきていて、ちょっと立ち話をしかけたときだった。

「スプーンをつけるかって？　いちいちそんなこと聞くなよ。見りゃ判るだろ。あ？　なぜ引っ込めるんだよ。要るに決まってんだろ！　マジあんた、仕事できねえんじゃねえの？　え？　買ったものを、おれが自分で袋に入れんの？　お前がやれよ。感染防止対策？　知らねえよ、そんなこと」

その声はますますヒートアップしてきた。

「あっ、そこの唐揚げも一緒に。アイスと袋を分けるかって？　てめえ袋二つ売りつけるつもりかよ！　ふざけんじゃねえぞ！　え？　何やってんだよ。アイスと唐揚げ一緒にしてんじゃねえよ。お客さまが袋は一つでとおっしゃいましたから、とか口答えスンナ！　女のくせに！　てめえ、名札の名前覚えたからな。鬼龍院（きりゅういん）か。月夜の晩ばかりだと思うなよ」

錦戸と鋼太郎は、思わず商品棚の陰からレジを盗み見た。

パーカーにダメージジーンズの、いまどきの若者風の服装の男だ。二人に背を向けて立っているので顔は判らない。

錦戸が進み出た。レジ脇ガラスケースのヤキトリを品定めする感じで近寄って、横目でチラチラと男を見てみた。

因縁をつけているのは、つるっとした、一応整った顔立ちの男だ。しかしよく見ると目尻に皺（しわ）があり、茶髪の根元にも白髪が見える。明らかに三〇過ぎ、いや悪くするとアラフォーだぞ、と錦戸は思った。

それに対して、レジに立っている「鬼龍院」の名札をつけた女性はまだ若くて、凛（りん）とした感じの美人だ。

　彼女はかなり頑張って応対していたが、客の男、いや悪質クレーマーのボルテージが上がる一方なので、やがて笑顔も消え、表情が強ばってきた。何を言っても怒鳴られて全面否定されて、とりつく島がないというか、まったく話が通じない。何かを要求するというのではなく、とにかく文句ばかりつけているのだ。

「おい。あんた、自分が若くて可愛い女だからって、こっちがおとなしくしてると思ったら大間違いだぞ。車で店に突っ込んでやってもいいんだぞ。あ、これは実際にやるって言うんじゃなく、あくまでも、もののたとえだからな」

　一部始終を横で見ていた錦戸は、これは脅迫だと思い、それ以上に胸糞が悪いので、もうひと言、こいつが何か言ったら出ていこうと思った、その時。

　ようやく、奥の事務室から店長らしい中年男が出てきて「レジ替わります」と鬼龍院さんに伝えた。

「遅い！」

　思わず錦戸は口にしてしまったが、彼女が逃げるように事務室に入ったので、ホッとした。警察官たる自分が出て行くと、いろいろと面倒な事になる。事と次第によっては調書を作成しなければならなくなるし、それはそれでかなりの手間になる。

男は、店長が出てくると急におとなしくなり黙って支払を済ませると、そそくさと店を出て行ってしまった。

錦戸が振り返ると、渋い顔をした鋼太郎が睨んでいた。

「だいたい、警部殿には市民を守るっていう気概がない」

居酒屋「クスノキ」で、鋼太郎は錦戸に文句を言った。店に入ってきた錦戸に、挨拶代わりに文句をぶつけたのだ。

「今、大将に話してたんだ。今日の昼間、コンビニで胸糞悪いものを見ちまったって。鬼龍院って、名前は強面なのに名前負けしたコンビニ店員は、泣きそうになってた。なのに警部殿は様子を見るばかりで、全然助けようとしなかった」

鋼太郎は責めるように言った。いや、完全に責めた。

「そうは言いますが、彼女の本名が鬼龍院とは限りません。最近のコンビニでは店員のプライバシー保護とトラブル防止の観点から、ショップネームというかコードネームというか源氏名を使うことがあって、本名を名札に表示するとは限らないのです」

アルバイトの女子高生トリオのひとり、純子が横から口を出した。

「それ、うちらも知ってる。墨井署の近くの『パーソン』でしょ？　あのコンビニでバイトすると、いくつか名札を並べられて、どれにします？　って訊かれるんだって。その名前がまた鬼熊とか、毒島とか、金剛寺とか花京院とか吉良とか、怖ろしげなものばっかりで」

ほう、と大将は感心した。

「じゃあウチもそれ採用しようか？　モモエとかセイコとかナンノとか」

「なんですかそれ？　オッサン趣味キモくないですか？　やっすいキャバレーみたい」

「失礼な。どれも八〇年代を代表するアイドルの名前だぞ！」

大将がむくれ、錦戸が話を戻した。

「まあ、いくら名札の名前がゴツくても、筋金入りのキチ……もといクレーマー客からの被害は防げないということですね」

「おい、警部殿、話をそらすなよ」

鋼太郎は錦戸を追及したが、すぐさま反撃を食らった。

「榊さんはそう言いますが、あなたはナニをしました？　黙って商品棚の陰に隠れて、そこから見ていただけでしょう?」

「だっておれは一般市民だから。一般市民が他人の争いにしゃしゃり出たら問題を複雑にするだけだろ?」

「はぁっ? 私人逮捕が大好きな、榊さんの言うこととはとても思えませんね」

「そうは言っても、警察官のアンタがまったく何もしなかったのは事実だ」

そう言われた錦戸は、いやいやと根気強く鋼太郎に説明し続けた。

「ですからね、警察官が下手に介入すると、いろいろと面倒なわけですよ。こちらもきちんと記録に残しておかないといけないから、調書を取る必要が出てきます……知ってると思いますけど、警察は書類製造所って言われるくらい、ひとつの事件で山ほどの書類を作らなきゃいけないんですよ……書類製造所って言ったのは私ですけどね」

「だろうな。ダサすぎる」

鋼太郎は切って捨てた。

「結局、警部殿は自分の仕事を増やしたくないだけのことだろ」

そこで大将が、「まあまあ」と割って入った。

「まったくいやな世の中になったたってことだよ」

そう言いながら、大将はおでんを出した。

「頼んでないけど？」

「まあ食え。美味いから。もう寒くなってきたろ？」

よく煮込まれて出汁がしみこんだ大根にはんぺん、煮卵にさつま揚げ、竹輪に糸こんにゃくが湯気を上げている。

カラシをつけて頬張ると、鋼太郎と錦戸の顔はほころんだ。

「美味い！　いい出汁だねえ！　こういう季節になったんだねえ」

一気に場が和み、鋼太郎は熱燗を頼んだ。

「まあ、ここんとこ、この界隈もなんだか物騒になってきてね、チマチマした犯罪がけっこう増えてるんだよね。車にキズをつけられるとか、自転車がパンクさせられるとか、バイクのキーのところに接着剤を入れられて使えなくされるとか、生ゴミが撒き散らされるとかね、地味にクソなことされると、こう、生きる気力みたいなものが削られるね。かなりこたえるよ」

「それ、世の中を恨んでいる人ですよ。最近、そういう人が増えてきたから」

小牧ちゃんが割って入ってきた。

「ん？　小牧ちゃん、いつからいたの？」

「チマチマした犯罪が、というところから」

そう言った小牧ちゃんは鋼太郎と錦戸の間に割り込むように座って、「生中ね！」と注文した。

「なんか、今夜もヒマですね」

「近所にチェーン店が出来たろ。『トリの王様』とか『焼津漁港』とか『お酒天国』とか。あっちの方が安いから、かなり客を食われてるんだ」

大将は愚痴った。

「ここは美味しいのにね」

「そういうこと言ってくれるのは小牧ちゃんだけだよ。他のオッサン連中は、値段にしか目が行かねえ」

「おれは変わらず常連だろ」

抗弁する鋼太郎に大将が言った。

「そりゃそうだろう。アンタはああいうチェーン店じゃ、デカい顔出来ないからな」

その大将の言葉に、小牧ちゃんと錦戸は妙に納得した様子だ。

「それはそうとさあ、さっきの話だけど」

ヒマな店内で、アルバイトの女子高生トリオが話に入ってきた。

「最近、登下校の時に、キモいおっさんが、うちらに声をかけてくるのよね」

一番おとなしそうなかおりがナンパされる悩みを口にする。

「ミエミエの口実でうちらと話そうとしてくるんです。わざとらしく道を聞いたり。そこに目的の店が見えてるのに」

そうそう、と純子も乗ってきた。

「キミ可愛いね。ＬＩＮＥ交換しよう、とか」

「芸能プロのスカウトなんだ、デビューしない？　とか」

メガネ女子の瑞穂も言った。

「古典的な口説き文句よね」

小牧ちゃんはそう言って笑ったが、鋼太郎は怒った。

「笑い事じゃないぞ。実にけしからんことだ」

そう言って女子高生トリオに顔を向けた。

「君らはそのナンパ野郎の写真とか、撮ってないか？」

三人の女子高生は頷いた。

「でかした！　どうやって？　盗み撮りはバレるだろ？」

「ナンパは断ったけど、『みんなで写真撮りましょう！』とか言ったら、そいつ、あっさりノッてきて」

瑞穂がスマホを取り出して、写真を探すと、「これ！」と言ってみんなに見せた。

「あ！」

錦戸と鋼太郎が思わず叫んだ。

「これは……こいつは、コンビニ『パーソン』で鬼龍院さんをさんざん罵倒してた、あのクソ野郎じゃないか！」

どれどれ？　と大将もカウンター越しにスマホ画面を覗き込んだ。

「なんだ、まだ若いじゃないか。けっこう見た目もいいし、これをおっさんというのは気の毒なんじゃないか？」

「ええーっ！」

大将の言葉を純子が完全否定した。

「こんなのモロおっさんでしょ！　絶対三〇過ぎてるし」

「肌のハリとか、男の人でも衰えるんですよ」

かおりも言った。

「うちらバカな女子高生って思われてるかもだけど、さすがにウチらよりバカな男は勘弁っていうか」

瑞穂も言った。

「いいトシして若い子を狙うっていうのは、あれですよね？　同い年の女の人に相手にされないからでしょ」

「頭のレベルが残念でも、若くてイケメンなら、ワンチャン女子高生の彼女はできるかもしれないけど、さすがにおっさんは論外だよね」

辛辣な女子高生たち。

「そうか……おっさんに人権はないんだな」

鋼太郎はガックリと肩を落とした。

「ええ。そう思っておけば間違いないですね」

錦戸が傷口に塩をすり込んだ。

「日本では、おっさんに人権はありません」

「錦戸っちならギリいけるよ！」

純子が断言した。

「そうそう。年齢的にはおっさんだけど、中身も外見も全然、残念じゃないものね」

かおりも同調した。

「ずっと墨井署にいて、うちらのアイドルでいてくださいね」

と、瑞穂。

錦戸の意外すぎる人気に、鋼太郎は面白くない。

「そもそも警部殿はまだおっさんの年齢じゃないよな。そりゃおれとは勝負にならないよ」

「おっさんであろうがなかろうが」と小牧ちゃんが指摘する。

「登下校中の未成年女子につきまとってナンパを繰り返してるんですよね？　それって犯罪になるのでは？　それにこの男、コンビニでも暴言吐いたんでしょ？」

「迷惑防止条例、もしくは東京都の青少年保護育成条例に抵触する可能性がありますね」

錦戸は冷静に応じた。

「けどね、このナンパ男、あなたたちの高校の卒業生だって話よ」

小牧ちゃんが女子高生トリオに衝撃の事実を暴露する。

「アタシも同じ、都立墨井高校卒業だから知ってるの」

「えーっ！　あんなキモいおっさんがウチらの先輩なんですか？」

「将来に希望が持てなくなったっていうか」

「マジありえないし」

キモいキモいと盛り上がる三人。

「残念ながらホントなの。それもね、けっこう『伝説の先輩』なのよ」

小牧ちゃんはそう言ったが、現役女子高生の三人は「知らんなあ」と首を振った。

「じゃあ、ぎりアタシの世代までは『オカモトタカシ伝説』が残ってたのね。伝説になってたくらいだから、高校生時代は滅茶苦茶モテてたらしいのね、オカモトタカシ」

小牧ちゃんは嬉々として知識を開陳（かいちん）し始めた。

「コイツの名前ね。オカモトタカシって言うの。高校時代はスポーツ万能、ギターも弾けて話術は巧みでコミュ力もあって、勉強もそこそこ。いわゆるムードメーカーの陽キャで、生徒会長もやったし学園祭のヒーローだったたし、みんなアイツはイッパシの有名人になるって思ってたんだって」

「それって往年の若大将じゃないのか？」

鋼太郎がつぶやいたが全員に無視された。

「そんなリア充だった理想的モテ男が、どうして高校生をナンパしたり、コンビニで暴言吐く残念なおっさんに転落してしまったんですか？」

純子の問いに、小牧ちゃんは首を振って溜息をついた。

「さあねえ」

「私には判る気がしますね」

錦戸がキッパリと言った。

「おそらく高校時代が、彼、オカモトタカシの人生のピークだったのでしょう。ピークが来れば、あとは転落するのみ。彼はその過去の栄光を取り戻すべく、そして第二のピークを招来すべく、今もナンパに励んでいるのです」

「第二のピーク？　モテ期第二波ってコト？」

かおりは自分が言った言葉に笑った。

「たしかに……そいつ、おっさんなんだけど、なんかトシ相応じゃないっていうか」

「そうそう。ヘタに若作りして、その辺が……幼稚な感じ？　っていうのか……そうか判った！　そこがキモいんだ」

「だいたい、自分の出身高校の近くに戻ってきてナンパを繰り返してるって、キモイを通り越して、不気味じゃん！」

女子高生トリオが口々に言い、純子が無遠慮に訊いた。

「って言うか、小牧ちゃん、どうしてそんなに詳しいの？　アイツのモトカノとか？」

「ま・さ・か！　コンビニの件をセンセに聞いて、もしやと思ってアタシの友達とかに聞いて回ったんだよ。そうしたら、それはオカモトタカシのことじゃないかって」

おお！　と一同は小牧ちゃんの取材力に感心した。

「オカモトタカシと同級生だった先輩から聞いたんだけど、高校時代はたしかに人気者で、女の子にもモテてたって。若大将みたいな感じって」

「ワカダイショウって、なんですか？」

かおりが訊いたが、小牧ちゃんはスルーした。

「さっき、おれが言ったよ」

鋼太郎は再度言ったが、再度無視された。

「でね、そんなリア充が大学に行って変わったらしいのよ。アイツ、結構いい大学に入ったんだけど……いわゆるマーチクラスよ、この近所にあるFランではなくて。だけど、せっかく入った大学を、二年で中退しちゃったんだって」

「何故?」

鋼太郎が訊いた。

「学費を使い込んだとか?」

「あそこんチはお金がある方だったから、そういうことじゃなくて。中退した原因は、サークルの人間関係のトラブルらしいって、その先輩が」

ここまで話した小牧ちゃんは生中のジョッキを取り、ゴクゴクと飲んだ。

「オカモトタカシは高校の時に、同じクラスの女子の格付けを裏サイトでやってたのね。悪趣味だと思うけど、ほら、あのフェイスブックだって、元はそういう顔写真に女の子の個人データと品評コメントをつけたデータベースが大本なんだよね。だから『フェイスブック。あれを始めた人の映画で見たんだけど」

ここからは小牧ちゃんの独壇場だ。

「それでオカモトタカシが作った格付け裏サイトは、墨井高校の男子にバカ受けしたんですって。巨乳度、美脚度、顔面偏差値、エロい偏差値みたいな細かいやつ。調子に乗ったオカモトタカシが、同じことを……」

小牧ちゃんはジョッキを飲み干して続けた。

「今度は大学のサークルの女子についてウケ狙いでやったら、サークルの女子全員激おこで、絶対に許せないってことになって」

「それはやらかしてしまいましたね」

今まで静かに聞いていた錦戸がコメントした。

「大学と高校の文化は違うんですよ。特にいまどきの大学では一度やらかすと、あっという間に悪評が全学に知れ渡ります。誰にも相手にされなくなって、キャンパスライフが針のムシロになります。特に女子からの悪評は決定的ですね。それで彼は中退に追い込まれたのでしょう。大学で誰にも相手にされなくなって……高校ではウケたし、全然問題視されなかったことが、大学では取り返しのつかない大失敗になって、キャンパスライフが悪夢と化す……実におそろしい……」

錦戸は身震いした。実体験でもあるのだろうか？

「高校までなら、テレビのバラエティか、お笑い芸人のノリでウケていたイジりや軽いいじめも、大学では通用しないケースが増えてきました。世の中は変わりつつありますからね。ほら、ポリコレとかコンプラとか、ガバナンスとかいうアレです。小中学校、そしてギリ高校までなら『学校』はいわば『コドモの国』で、治外法権みたいな場所です。器物損壊や傷害も『いじめ』としてスルーされる場合もありましたが、大学は違います。大学は、もはや大人の社会の一部ですから」

錦戸は、ごく自然にポケットからタバコを出して躊躇することなく火をつけると、カッコいい手つきで吸った。

「その変化が判らなかったオカモトタカシは、愚かではありますが、いささか気の毒だとも感じます。頭が悪いから判らなかったのでしょうが……世の中を恨んでいなければいいのですが」

涙の数だけ強くなるどころか涙の数だけ人のせい、という人もいますからね、と錦戸はカッコよく言い切ってタバコをふかした。

「警部殿。カッコいいところ悪いけど、店内禁煙なんだよ。都の受動喫煙防止条例とかで」

大将のひと言で我に返った錦戸は、手にしたタバコを見て狼狽（ろうばい）し、トイレに駆け込むと流してしまった。

錦戸が戻ってくるのを待っていた小牧ちゃんは、「そう。その、涙の数だけ人のせい、なんですよ！」と言った。

「その大学には、オカモトタカシが作った女子格付けリストを糾弾する、急先鋒の女子学生がいたそうなんです。その子が滅茶苦茶人望のある、なんていうかインフルエンサーみたいな女子だったから……成績優秀、容姿端麗、サークルの女王様かお姫様的な、場を支配する力を持った女子学生」

それを聞いて、錦戸は難しい表情になり、話を続けた。

「そうですか。それで結局、オカモトタカシは大学を中退するしかなくなり、きちんと卒業していれば前途洋々だったのに、妙な形で中退してからはバイトや臨時雇いを転々として……いわば予定していた人生設計が、すっかり狂ってしまったわけですよね」

「……なんか、大学中退者は人生の落伍者、みたいな口ぶりだなあ」

鋼太郎が不満そうに割って入った。

「それに、中退後、オカモトタカシはバイトや臨時雇いを転々としてって、なんだよ、それ？　小牧ちゃんはそんなことまで言ってないのに。決めつけがひどすぎるだろ！」

「イヤ私は、ちょっと彼に同情してしまうところがあって……」

「いやいや警部殿。オカモトタカシに同情的って、それはおかしいだろ！」

鋼太郎は吠えた。

「自分がしでかしたバカな事で大学を辞めたんだ。仮に職を転々としていても、それは全部自分のせいだろ？　大学を中退したって、まっとうな人生を送ってる人は大勢いるし。中退を言い訳にするとしたら大きな間違いだ。それに、職を転々としたからって、それがなんだ？　今の世の中、ひとつの会社で人生を全うするほうが稀だろうし、派遣の仕事をしていたら、派遣先は常に変わるわけだろ？　その辺どうなんだよ。杓子定規に世間を輪切りにして、知った風なことを言ってるだけじゃないのか？」

錦戸は怒るかと思ったら、なぜかあっさり頷いた。

「たしかにおっしゃるとおり」

錦戸はまたタバコを取り出したが、今度はすぐに仕舞い直した。どうも考えに集中すると無意識にタバコを吸いたがるようだ。

「犯罪に走る人物には、往々にして、そういう過去のいきさつを乗り越えられないケースがあるのです。精神が弱いとか性格が弱いとか、いろいろあると思いますが……基本的に、心の弱い者が、犯罪に走るのであると、私は思っています」

「義理と人情でどうしようもなくってケースもあるけどね」

　大将も口を挟んだ。

「仁俠映画みたいだけど」

　そういう人物が何か事件を起こさなければいいのですが、と錦戸は心配そうだ。

「おそらく、オカモトタカシは、キャンパスの女王様だったその女性を……ひいては女性全般を憎んでいる、その可能性が非常に高いと思いますから」

　錦戸のその不安は、不幸にも的中してしまった。

＊

　数日後。

　整骨院の昼休みにヒルメシを食べた後、鋼太郎は例のコンビニ『パーソン墨井駅前店』に寄った。どうせ患者も少ないから、三時のおやつに小牧ちゃんが喜びそうなスイーツでも、と思って寄ったのだ。

　店内には、鋼太郎の他にお客は数人。

商品棚をのんびり見ていると、入り口のガラスドアが開き、入店を知らせるチャイムと同時に怒声が響いた。

「あの女を、鬼龍院を出せ！」

なにやら怒っているその男は、先日ここで遭遇した、『オカモトタカシ』その人だった。

レジカウンターにツカツカと歩み寄ったオカモトタカシは、中にいた若い女性店員を詰問した。

「おい。鬼龍院はどこだ？」

「あの、鬼龍院は今日はシフトに入ってないので」

「そうか。だったらお前でいい」

女なら誰でもいいんだ、と言いつつオカモトタカシは背中に手を回し、ベルトに挟んでいたらしい刃物をいきなり振りかざした。

「逆らったらブッコロスぞ！」

牛刀のような大きな刃物がぎらり、と光り、カウンターの女性は固まった。

キャーッと叫んで、客数名が逃げ出した。

鋼太郎も逃げようとしたが、立っていた場所が悪かった。コンビニの出口に向かう、その動線上にオカモトカタシが立っているのだ。

「おっさん、お前も人質だ」

オカモトカタシと目が合った鋼太郎も、あっさり捕まってしまった。

その時、店の外で大音量のサイレンのような音が鳴り響き、入口脇にある赤色灯が回転し始めた。

店員が非常ボタンを押したのだ。しかし、オカモトカタシは慌てない。

「想定内だ。こういう事をすると、最近の店員は即座に非常ボタンを押すもんな」

彼は女性店員の名札を見た。

「新山(にいやま)さん？」

「は、はい……」

「カウンターから出て、そこにいるおっさんの手足を縛れ。このナイロンロープを使え」

彼はリュックからロープを取り出し、新山さんの首に牛刀を突きつけて脅した。

「……わかりました」

彼女は震える手でナイロンロープを受け取ると、「すみません」と謝り、おぼつかない手つきで鋼太郎の両手首を縛った。後ろ手ではなく身体の前だ。かなりゆるい。

「足も縛れ」

犯人に言われるままに、新山さんは鋼太郎を座らせて、両足首も縛った。

「さて。今、店の中にはこの三人しかいないわけだ。あ、店長は？」

「店長は、今の時間は居ません」

そうか、と納得したオカモトタカシは、入口の自動ドアのスイッチを切った。

どうやらコンビニでバイトをした経験があるようだ。

「おい。このクソうるさいサイレンは消せないのか？」

「それは警備会社が……」

と新山さんが答えたところで、警備会社の車とパトカーが、ほぼ同時にコンビニに向かってくるのが見えた。オカモトタカシが手にしている牛刀を見た制服警官が、警察無線のマイクを手に取っている。「凶器を持って立て籠もっています！」と叫ぶ声も聞こえた。

途端にパトカーのサイレンが鳴り響いて、瞬くうちに店の前の広めの駐車場には、パトカーやそのほかの警察車両が続々と到着し始めた。

「すげえな。すぐ来た」

オカモトタカシは、リュックからリンゴ飴のように真っ赤なアルミボトルを取り出した。

先端に透明ビニールの、太いノズルが付いている。

「これ、知ってるか？　エマーソンのガソリン携行ボトルだ。一リットル入ってる。この店を丸焼きにしてお前らも焼き殺すには充分だ」

彼は、その真っ赤なアルミボトルを頭上に掲げ、高笑いした。


同時刻。墨井署のすぐ近くにあるコンビニで立て籠もり事件が発生したとの一報を受け、錦戸も現場に向かった。

錦戸がコンビニの前に着いたときには、警報と回転赤色灯は止まっていた。

全面ガラス張りの店内の照明は消えていて、外が明るいので中がよく見えない。

店の前にある駐車場には何台ものパトカーや救急車が集結していた。

テレビ局の小型中継車も数台、近くに路駐して、現場レポーターが事件の様子を伝えている。

「現場です。事件が起きましたのは今から一五分ほど前の一三時頃。ここ、コンビニ『パーソン墨井駅前店』でアルバイトの女性が一人で勤務していたところ、犯人の男が入店して刃物を突きつけ、アルバイトの女性と、店内にいた高齢の男性客を人質にして立て籠もった、とのことです。アルバイトの女性が非常ボタンを押したので警報が作動し、自動的に通報された結果、ご覧のように、現場にはパトカーが集結しています」

改めて錦戸がコンビニを見ると、店内の入口近くをオカモトタカシがウロウロしているのが見えた。

「はい！ 規制線を張り直します！ 現場からもっと離れてください！」

制服警官が叫んだ。最初は店のすぐ近くに張ってあった規制線の黄色いテープを、コンビニの駐車場の端まで後退させ、警察関係者以外を排除しようというのだ。

錦戸が駐車場に立ったまま様子を見ていると、スマホが鳴った。かけてきたのは鋼太郎だった。

「何の用ですか、榊さん。今、大事件が起きて、現場で捜査に当たっている最中なんです。切りますよ！」

「待て待て！ おれは店内にいるんだ。人質になってるんだよ！」

鋼太郎の声は小さいが、切迫している。

「なんと、人質になっている高齢男性とは……あなたでしたか！」

錦戸はつい、笑い出しそうになったが、なんとかこらえた。

「私の予測が、最悪の形で現実になってしまいました……しかし、人質である榊さんが、どうやって電話を？」

「下痢して腹が痛いと訴えたんだ！　で、店のトイレから」

「手足を縛られたのでは？」

「どうして？　見てたのか？」

「いえ、人質って手足を縛られるものでしょ？」

「用を足すのにゆるめてもらった。というか、最初からユルユルなんだ」

錦戸には、鋼太郎に聞きたいことが山ほどあった。

「現在人質になっている女性というのは、例の鬼龍院さんですか？」

「いや、違うね。若い女性であることは同じだが、鬼龍院さんとは別人の新山さんという人だ。犯人のオカモトカタシは『女なら誰でもいい、殺す』と叫んでる。牛刀と、そしてガソリンの入った携行ボトルを持ってる」

「携行ボトル？」

「そういうのがあるんだ。バイクの燃料タンクサイズのガソリン携行缶より、小さいヤツが。アルミの一リットルボトルで、真っ赤なメタリック塗装だ」

錦戸はスマホで通話を続けながら、タブレットを取り出し、駐車場に駐まっていた車のボンネットに置いた。素早く検索する。

「判ります。エマーソン社製のガソリン携行ボトルですね」

「そうそう。たしかエマーソンって言ってた」

タブレットの画面には、コーヒー飲料のアルミボトルに似ている、真っ赤な一リットルサイズの携行缶が表示されている。

「ガソリン、ということは……無差別ってことですね。若い女性に限らず、高齢男性も殺される可能性が……」

「おい。他人事（ひとごと）みたいに言うな。警察なら何とかしろ」

巻き添えになりそうな鋼太郎は必死だ。

「犯人は一人ですよね？」

「ああ、一人だ」

「ずっと榊さんか新山さんの首筋に刃物を当てているわけでもないんでしょう？　だったら警官隊を突入させればすぐ解決するなあ……」

ジョーダンじゃない！　と鋼太郎が小声で絶叫した。

「そんなにイージーに考えるな！　犯人は、ガソリンを持ってるんだぞ！　何かあったらガソリンを撒いて、火をつけて丸焼きにしてやるって脅迫してるんだぞ！」

「困りましたね……」

呻く錦戸に鋼太郎は言い募った。

「店内でガソリンに着火したら、これはもう無差別殺人だよ！　テロだ！　無差別テロだ！　重罪だ！　凶悪犯だ！　人類の敵だ！」

「鋼太郎さんがそう思う気持ちは判りますが、テロかどうかの判断は保留します」

その時、機動隊員を運ぶ警察のバスが到着して、ライフルのような長身の銃を持ち、防弾服を着込んだ機動隊員が降りてくるのが見えた。

「万一に備えて、狙撃班が来ましたよ」

錦戸は喋りながら周囲を見渡した。

「この近辺の、ビルの屋上やマンションの一室などを借りて、マル被を狙撃する準備をするのでしょう」

ほどなく、近くのビルの屋上には銃身の長い銃を持った、警視庁の特殊部隊とおぼしきスナイパーの姿が展開し始めた。

コンビニから少し離れたスーパーマーケットの荷下ろし場にも、警察車両のバスが駐まっている。あの中に待機しているのは別の特殊部隊か？

「狙撃だけでなく、ハイジャック事件のときのような、閃光弾を使って人質を救出する部隊も控えています」

錦戸は確認もせずに言い切った。

「とにかく、前回の『黒井公園住宅一家四人殺害事件』に引き続き、わが墨井署はまたしても、開闢以来例がない大事件を抱えてしまったようです」

「アンタ妙にのんきだな。もう一度言うけど、犯人は牛刀を振りかざしてガソリンを持ってるんだよ！　無差別殺人を企んでいるんだよ！　もっと緊張感を持って事に当たれよ！」

鋼太郎は錦戸に食ってかかったが、けっこう長電話をしているのに、誰も錦戸を呼びに来ないのに不審の念を抱いた。

「アンタ、ほんとにこの事件に嚙んでるの？」

電話の向こうの鋼太郎の問いに、錦戸は「もちろん！」と語気強く答えた。

「これは強行犯なので警視庁捜査一課の案件ですけど、私は所轄署の一員として捜査に参加しています」

「でも、なんかえらく暇そうじゃないか」

「膠着状態ですからね。警察としては店内の犯人に電話して、粘り強く説得を続けています」

「そのようだ。犯人が電話に向かって怒鳴ってるから」

鋼太郎の電話の背後からも、怒鳴っている男の声が聞こえてくる。

「あ、おれもそろそろトイレから出ないと怪しまれる」

そう言った鋼太郎は電話を切った。

錦戸のすぐ近くにいたテレビの中継スタッフに動きがあって、現場からの中継が再開した。

「再び現在立て籠もり事件が起きている、墨井区のコンビニの現場です。これまでに判ったことをお伝えします。犯人のオカモトタカシが、かねてよりこのコンビニでトラブルを起こしていた事が判りました。犯人のオカモトは繰り返しこの店を訪れて、レジのスタッフの女性に嫌がらせをしていたとのことです。そして昨日、犯人が店内でビールなどの食料品を万引きしたとして、トラブルになっていたようです」

それを横で聞いていた錦戸は、近くを通りがかった自分の部下を「おい君！」と呼びとめた。「最新の情報を持ってこい！」と命令すると、入れ違いに生活安全課の古株刑事・丹波が走ってきて錦戸に耳打ちした。

「被疑者・オカモトタカシは岡山県の岡、ブックの本、タカシは高い志の高志。東京都墨井区墨井本町出身で三六歳。現在は千葉県船橋市のアパートで一人暮らし。都立墨井高校卒業の後、現役で上中大学工学部入学。テニスサークルに入って活動していたが、二年次に一身上の都合を理由に退学。以後、派遣社員やアルバイトなど職を転々として、現在は無職。ここ二ヵ月は貯金で食いつないでいたようです」

丹波刑事は手帳を見ながら調べた結果を発表した。

ほら、ホシは大学中退後、職を転々としてたじゃないかと錦戸は思った。小牧ちゃんから聞いた話と完全に符合する。

「学生時代にトラブルがあったかどうか、それで被疑者が大学を中退したのかどうかについては？」

「現在、調査中です」

「あのコンビニでは数日前に、『鬼龍院』というお店ネームの女性店員と被疑者がもめていた。それについては……」

「課長。順を追って話しておりますので」

丹波刑事は錦戸に待ったをかけた。

「大学在学中に、被疑者がテニスサークルや同じ専攻学科の女子学生を誹謗中傷（ひぼうちゅうしょう）したとの悪評が広がった結果、被疑者は学内で居場所がなくなって退学したとの噂があり、現在、裏を取っています」

「私が独自に入手した情報では、それは単なる噂ではありません。本当に女子学生を誹謗中傷……より正確には品評していたようだが」

「そうですか。大学中退後も、各職場で女性との軋轢（あつれき）があってそのつど、転職していたようです。それと並行して新宿や渋谷などで、女子高生や女子中学生などに声をかける『ナンパ師』を自称していたようですが、これについても確定的な証言はまだ得られておりません」

「それはおいおいでいいでしょう。公判を維持するために必要な証言ですからね。それで、あのコンビニ店と被疑者のかかわりに関しては……」

「はい」

丹波刑事は汗をふきふき説明を続けた。

「被疑者は一年以上前からあのコンビニを利用するようになっていたそうですが、特定の女性がレジに立つと、必ずそのレジに並んでクレームをつけるようになっていたと」

「それが『鬼龍院』さんですね？」

「はい。鬼龍院こと、武藤真菜さんから任意で証言を得ました」

「なるほど。本人による証言なら信頼出来るね。で、そうなったキッカケは？」

「とくにキッカケはなかったようです。被疑者がその『鬼龍院』さんにある種の劣情を抱いた可能性はあります」

劣情……と聞いて、鋼太郎ならここで突っ込むだろうと錦戸は思った。「劣情」という言葉は、今どき警察関係者しか使わない。

「昨日のことですが、被疑者が店内で万引きしようとしたそうです。ビールにオツマミなどを。しかしレジカウンターからそれを見ていた『鬼龍院』さんが注意して、リュックに入れていたビールやオツマミなどを出させて、今回は見なかったことにするけど、次回からは警察に連絡しますよと注意したと。もしかして、それを根に持っての犯行という可能性も」

「格下と思っていたコンビニ店員の女性に注意されて、逆ギレしたのか？」

「その後の展開を見ると、そうかもしれません。被疑者は武器を手に、今日改めて入店したんですから」

丹波刑事の報告に、顎に手を当てた錦戸はゆっくりと深く頷いた。

「店内の様子のモニターは？」

「はい。お店の電話は現地対策本部と繋ぎっぱなしになっています。また、店内の監視カメラの映像も、非常ボタンを押すと警備会社の監視センターに飛ぶようになっていますが、同じ映像を、対策本部でも見られるようになっております」

丹波刑事の言葉に、錦戸はナルホドね、とつぶやいた。

「課長、対策本部に行けば、最新情報がすべて判ります！」

「それはそうだが……岡目八目という言葉があります。情報が飛び交う本部よりも、ここでこうして、冷静に情報を整理して聞く方が、全体像を摑める」

「いやいや、全体像も何も、完全に見えてるでしょ！」

丹波刑事は思わず大きな声で言った。

「目標としては人質を救出するか、犯人を捕まえるしかないです」

「それには、店内カメラと電話だけでは全体像が摑めない」

やたらと「全体像」にこだわる錦戸は、「よし判った!」とキッパリ言った。

「私が店内に潜入して、可能であれば被疑者の身柄を拘束しましょう」

イヤイヤイヤ、と丹波刑事、そして近くにいたテレビの取材チームまでが期せずして首を横に振った。

「課長では無理です。特殊な訓練を受けている警視庁の特殊部隊に任せましょう。しかし本部の方針としては当面は説得を続け、被疑者に投降を促しつつ、待つようです」

だが丹波刑事が伝えた方針に、錦戸は不満を露わにした。

「そういうやり方だから解決までに時間がかかるんですよね、日本の警察は。この前のネットカフェ立て籠もりだって、凄く時間がかかったし」

「でも、一人の負傷者も出ませんでしたよ」

「人質の女性には物凄く負担だっただろうと思いますよ。気の毒に。なんせ立て籠もった個室にはトイレもありませんでしたからね」

そこに、若手の刑事が図面のようなものを持って走ってきた。

「課長! 先ほど頼まれたものを入手しました!」

若手刑事はそう言いつつ図面を広げて錦戸に見せた。

「あのコンビニ自体は、築五〇年の古い酒屋を改装したものです。もとの建物の設計図は見つかりませんでしたが、コンビニへの改装を請け負った設計事務所に図面がありまして」

「よし。でかした！」

錦戸は図面を広げて丹念に見入った。

「ここのこれ」

錦戸が指差した箇所を、丹波刑事と若手刑事は目を凝らして見入った。

「洗面所にあるから、レジからは見えない。これが使えそうだ……そうは思わないか？」

「はあ……しかし」

刑事二人は要領を得ないように曖昧な笑みを浮かべた。

「よし、決まりだ。これを使おう！」

墨井署生活安全課課長として錦戸はそう断言すると、スタスタとコンビニに向かって歩いて行った。

店の周囲には制服警官が数人、距離を置いて立っている。

「や。ごくろうさん」

錦戸は一人一人に敬礼しつつ、店の周囲を見て回った。

探していたものは店の裏手、それも地面すれすれのところにあった。小さな小さな引き戸で、元はトイレか何かのゴミを外に出す掃き出し窓、あるいは猫の出入り口ぐらいしか用途がないように思える。

「これだ……」

この小窓こそ、さきほど錦戸が図面で確認したものだった。

その上で彼は、近くの空き店舗を臨時に間借りした「現地本部」に向かった。進行中の事件なので、警視庁刑事部の捜査一課長が陣頭指揮を執っている。

「失礼します！　墨井署生活安全課課長・錦戸准警部です。警視庁捜査一課課長に意見具申があります」

そう声を張り上げると、奥から四〇代の精悍な表情の男が出てきた。ガタイの良さ、そして視線の鋭さに似合わず、和やかな笑みを浮かべる。

「そうシャッチョコ張らないでいいよ、錦戸！」

「あ、ヤマさん。先日はどうも」

もとは警視庁刑事部の一員だった錦戸にとって、捜査一課長のヤマさんこと山際昌三警視正は旧知の関係だ。先日の事件でもヤマさんは特捜本部長だった。

「なんだ、意見具申って？　警察は昔の軍隊じゃないんだから、提案とか思い付きとかでいいんだぜ？」

一課長のヤマさんはいかつい顔に笑みを浮かべて磊落に言った。

「ヤマさんは、余裕がありますね」

「まあな。あのホシは、ビビリのヘタレの腰抜けだ。腰抜けだけに、暴発する危険が無いとは言えないが、一応人質を椅子に座らせてるしトイレにも行かせてる。店内には水と食料もあるし」

ヤマさんは店内カメラの映像を指差した。たしかに女性店員は椅子に座っていて、被疑者は牛刀を握り締めてウロウロしているが、切迫感というか、一触即発というような緊張感はない。

錦戸は、鋼太郎と電話で話した店内や被疑者の様子をすべて伝え、店の裏手にあった小さな引き戸についても報告した。

「そんな進入路があるのか！」

ヤマさんは驚いて錦戸を見た。

「正確には進入路とは言えません。人は通れない大きさですから……あのコンビニを改装した設計事務所に図面があったんです。それによると」

錦戸はそう言いながらメモ用紙にコンビニの見取り図を描いた。

「建物の内部から見ると、トイレを出たところの洗面所。そこの洗面台の脇に、この引き戸があります。昔の日本家屋で、掃除したゴミを掃き出すのに使ったか、風通しのために使ったか、まあそんなものでしょう」

錦戸は、その引き戸を使ってガソリン携行ボトルをすり替える作戦を提案した。

「中味がガソリンでさえなければ、マル被が与える脅威は大幅に減りますよね？」

「それはそうだが……すり替えるには、ダミーのガソリン携行ボトルを店内に持ち込まなければならない。それを誰がやる？　怪しまれたら殺されるかもしれないぞ！」

それはたしかにそうだが、そこで錦戸は、鋼太郎のふてぶてしい顔を思い浮かべた。あのおっさんなら、そうやすやすとは殺されないだろう……。

「それについても腹案があります。とりあえず犯人の注意を、何かでそらす必要があります。その隙にすり替えを実行します」

「犯人の注意をそらす？　どうやって」

「たとえば犯人にトラメガを与えて、捜査本部との通話ではなく、マスコミと大向こうを相手にしての、大自己主張大会にしてやるとか」

それを聞いたヤマさんは首を捻って少し考えた。

「まあ、それをやればテレビの連中も喜ぶだろうが……犯人が何を言い出すか判らんぞ？一〇〇億円よこせとか逃走用にオスプレイをもってこいとか……」

「全部安請け合いして、隙を突いて突入して、身柄を確保するのはどうです？」

「そうそううまくいくとは思えないが……まあ、黙ってこうしていても、警察はサボってるのかとかツイッターに書かれるばかりだ。やってみるか」

ヤマさんの指示で、トラメガが二台、すぐさま用意された。

「まずは言い出しっぺのお前が、犯人に呼びかけてみろ」

ヤマさんは一台を錦戸に押しつけた。

「いえそんな……ここはやはり現場指揮官である一課長が」

「こういうのは別に、現場のトップがやらなきゃいかんことではない。お前がやれ」

そこまで言われたら仕方がない。

「判りました。やりますが、その間に、犯人が大学時代にトラブルになったという女性を探し出してください。大学のサークルで一緒だったというその女性に、犯人は恨みを抱いているはずです」

「ホシの岡本にひどく怒ってやり込めて、ホシを大学から追い出したっていう、『女王様』の異名がある女性だな？」

「はい。嫌だと言っても、無理やりにでもここに連れてきてください。それともう一人、『鬼龍院さん』こと武藤真菜さん。彼女にも来てもらえれば」

「武藤さんには、現在墨井署で、いろいろ事情を聞いている。本人の了解を得られれば、現場に行って貰おう」

ヤマさんが了解したので錦戸はトラメガを二つ持ち、コンビニ店の正面に近づいた。

「誰だお前は！　こっちに来るんじゃないっ」

被疑者・岡本高志は喚いた。

「大丈夫。危害は加えない。君と話がしたい。トラメガをここに一つ置くから、それで話してくれ。そうすれば多くの人に君の話を聞いてもらえる。君の言いたいことをみんなに主張出来ると思うんだ。君は、世間に訴えたいことがあるんじゃないのか？」

錦戸は店の正面の駐車場にトラメガを置いたが、「遠すぎる！」と怒鳴られた。

「それを取りに、おれが出ていったところを捕まえる気だろ？」

「そんなつもりはない！」

「じゃあ、もっと近くに置け！」

犯人の主張ももっともなので、錦戸はトラメガをちまちまと、店との距離を狭めて何度も置き直し、結局は店の自動ドアの真ん前に置いた。

自動ドアのガラス戸を手動で押し開き、犯人はトラメガを店の中に取り込んだ。

錦戸は、店の真ん前、出入り口の前に立って店内に呼びかけた。

「君は、世の中に不満があるんだろ！　その思いをぶちまけろ。全部聞いてやる」

「うるせー！　どうせお前らは、おれの言ったことを鼻先で嗤うんだろ。このヘタレのバカ野郎がって」

「笑わない！　真剣に聞こうじゃないか」

しばしの間があって、店内からは反応があった。

「おれは……高校時代はイケイケだった。成績はよくてスポーツも出来たし、バンドをやってたし、とにかくモテた」

「らしいな。君は高校のスターだったそうじゃないか」

「おれが声をかければ、女子はついてきた。もう、入れ食い状態って、ああいう事を言うんだなって。おれは天性のナンパ師だって判った」

なるほど、それであの男は完全に世の中をナメきったんだな、と店内で聞いている鋼太郎は思った。

非常線の外まで下がってこちらを見ている錦戸も、その複雑な表情からして、どうやら鋼太郎と同じ気持ちのようだ。

現場に居るテレビ取材班や新聞や雑誌などの報道陣も、突然始まった「メガホン対話」に一斉に注目した。激しくフラッシュが焚かれ、全マスコミのカメラが、トラメガを構えた錦戸に向けられた。

レンズの放列がすべて自分に向いていることに、錦戸はまんざらでもない様子だ。

「大学は辞めたけど、それでもモテてはいたんだ。ほら、おれ、カッコいいだろ？　顔もいいしギターも弾けるし、歌も巧いしトークだって抜群だし……つまりナンパ師の条件は全部揃ってるんだ」

「それは結構」

しかし、錦戸は知っている。男は顔やトークや一芸だけでモテるのも限度がある。それは二〇代までか、せいぜい三〇過ぎまで。年齢という限界があるのだ。それ以降は「特殊」な女子以外は離れていく。つまりミュージシャンとか役者とかお笑い芸人とかの、夢を追いかける男に共鳴してくれる、奇特な女性だ。夢を追いかける男は「人生ギャンブラー」だからだ。堅実な女性は男に、年齢に応じた財力と社会的地位を求める。結婚と子育てを前提に考える以上、人生設計が出来る基盤が必要だからだ。

「君は、その才能を生かして、タレント的な仕事をしようとは思わなかったのか？」

錦戸は、訊いてみた。

被疑者・岡本高志は、しばらく考えて、返答した。

「おれは……現実的なんだ。夢は追いかけてかなうものじゃないって判ってる。音楽や芝居で食えるとは全然思ってなかったし。だから大学だって理系に進んで、エンジニアになろうと思ったんだ……なのに……」

あのクソ女が！　と被疑者・岡本は絶叫した。

「おれは……女に人生を狂わされたんだ！　大学だって、本当は辞めたくなかったんだ。だけど……アイツのせいで……アイツがシャレをわからなかったから」

岡本高志は延々と「アイツ」に対する恨みごとを述べ始めた。その女性とは、小牧ちゃんが先輩に訊いたという、「大学時代の女王様」のことだろう。

「アイツはとにかく周囲を従わせていて、自分の言い分は何がなんでも通すヤツで……しかもシャレとか冗談がまるで通じないから、おれとの間がますますこじれてしまって……それで大学を辞めるしかなくなった。おれの人生は完全に狂ったんだよ！」

被疑者・岡本はコンビニの入口のガラス戸をさらに大きく開け、そこからトラメガを突き出して叫んだ。

「あれからおれは、女を憎むようになった。出会い系サイトで知り合った女にバカにされたり、デートしても途中で断られたり……おれは昔からさんざん人にバカにされてきた不幸な人間なんだ！　だから、幸せそうにしている人間が憎いんだよ！」

「そうか？　しかし君、それは違うんじゃないのか？」

錦戸は反論を開始した。

「君は高校時代はスターだったんだろ？　君が声をかければ女はみんな寄ってきて、入れ食い状態だったんだろ？　大学を辞めてもモテていたと、さっき言ったばかりじゃないか。顔もいいしギターも弾けるし、歌も巧いしトークだって抜群だし、ナンパ師の条件は全部揃ってるって、言ったろ！」

　岡本は「ううう」と絶句したきり、黙ってしまった。

　人質になっている鋼太郎は、ここまでのやり取りを聞いてひどく不安になってきた。

　鋼太郎自身は、犯人に従順で、トイレに行くときは申告して手足の縛めを外してもらい、出てきたときにはまた縛ってもらい、今はおとなしく床に座って、カウンターにもたれている。

　だから、店の外の様子が全部見られるし、犯人・岡本高志と錦戸とのトラメガ対話もすべて聞くことが出来る。

　だが錦戸の言い分を聞いているうちに、これは大丈夫かと不安になってきたのだ。

　こういう場合、相手の言い分を丸呑みして「そうだよねえ、大変だよねえ、辛かったよねえ」と完全に寄り添う姿勢を見せないといけないんじゃないのか？

　ここで犯人に正論をかましてもいいことはない。相手を怒らせるだけだ。

　注目を浴びたいのは犯人の岡本高志だけではなく、錦戸も同じ、ではないのか？　マスコミの注目を浴びて、気が大きくなって、犯人と似たような気持ちになってるんじゃないのか？　だから錦戸は「犯人の気持ちが判る」みたいなことを居酒屋で口走ったのかもしれないが……しかしその共感が今は妙な具合に作用して、攻撃的なことを言わせているように思ってしまう。

全然空気を読まない、あの錦戸だからなあ……。

鋼太郎はますます心配になってきた。

錦戸が正論を連発して犯人を追い込んで論破した瞬間に、犯人の岡本は逆上してガソリンを撒いて火をつけるんじゃないのか？

「……だんだん、モテなくなってきたんだ」

その時、岡本がぽつん、と言った。トラメガを持つ犯人は顔が強ばり、声のトーンも低くなっている。

「短期のアルバイトで女にアゴで使われて、腹が立った。大学のあの女も、おれを完全に見下してバカにしてたんだ。このおれを馬鹿にしやがったんだ」

「さあ？　君はえらく自己評価が高いからねえ。えてしてピークを極めた人間は、下り坂になって、周囲の態度が変わることに耐えられなかったりするようだからねえ」

うわ、と鋼太郎は驚いた。錦戸は、ここまでモロに犯人を批判して大丈夫か？

「カッコいい男だって、三〇過ぎてくたびれてくれれば、ナンパを断られたりするでしょうよ。君は賞味期限が過ぎたんだよ。冬になったキリギリスだよ」

コンビニの周囲にいるギャラリーや報道人が発する「あ～」という悲鳴のような声が、店内にまで聞こえてきた。

「それを言っちゃオシマイだよ！」

という声も飛んだ。岡本が吠えた。

「なんとでも言え！」

言葉をなくしていた岡本が、巻き返しに出ようとしていた。

「おれは六年くらい前から、幸せそうな女を見ると殺してやりたいと思うようになった。幸せそうなカップルがうじゃうじゃ歩いてる、渋谷のスクランブル交差点を爆破しようと計画を練ったこともある」

「六年前と言えば……君が中年に差し掛かってトウが立ってきた頃に符合するな！」

「トウが立ってきた？」

「若い盛りの時期が過ぎる、年頃が過ぎるって意味だよ」

「うるさい黙れ！」

岡本は絶叫した。図星なのだろう。

しかし錦戸は容赦しない。相手を糾弾・論破するスイッチが入ってしまった。

「要するに君は、トシを取ってモテなくなった。そうなると、今まで下に見ていた女性にすげなくされたり、バカにされるようになってショックを受けた。普通の人間ならそこで反省して自分のステイタスを上げる努力をするところなのに、自分の思うようにいかない世の中に対してすっかり拗ねてしまった君は世の中を恨み、女性を恨むようになったんだろ！」

コンビニのガラス戸近くに立っている岡本は、顔面蒼白に見える。ガラスを通ってくる陽光の色のせいかもしれないが……。錦戸はなおも言い募る。

「自分は可哀想な存在だ、不幸な人生だ、自分の不幸は全部、女性のせいだ。そう思えばラクだよね！　自分は悪くない、悪いのは世間だ女性だと思えば、自分で努力する必要はないもんね。変わるべきは世間であり女性であって、自分はこのままでいいんだもんな！」

マイクを持った現場レポーターは、錦戸の鋭すぎる舌鋒に固まった。カメラマンもあんぐりと口を開け、ファインダーではなく、滔々と喋る錦戸をジカ見している。

だが錦戸はもうとまらない。

「実にバカバカしい。その程度の根性では渋谷のスクランブル交差点を爆破なんか出来っこないだろ！　そもそもどうやって爆破する？　君に爆弾の知識があるか？　ガソリンを撒いて火をつけるか？　それをやったら無差別大量殺人のテロリストだ。君に、そんな度胸があるか？　私は、ないと見たね！」

たまりかねた鋼太郎が、つい、犯人に同情して声をかけてしまった。

「ちょっとこれはひどいよねえ……いくらなんでも言いすぎだよねえ……あれじゃまるで、ガソリンに火をつけてみろって挑発してるのと同じだよ……」

しかし犯人の岡本は、入口のガラス戸のところで頭を抱えしゃがみ込んでしまった。

その時、錦戸の近くにいた現場レポーターが気を取り直してマイクを持った。

「犯人の岡本は、女性に対して一方的に恨みを抱いているようで、恨み言めいたことを叫んでいます。自分の人生がうまくいかないのは女性のせいだと言わんばかりで……。以前から女性への歪んだ感情に支配されていたようです」

別の局のリポーターも異口同音の事をマイクに向かって訴えた。

「これは、特定の女性に対する仕返しではなく、女性全体への、筋違いな、理不尽な復讐をしようとしているようにも思えます」

レポーターは声が大きいので、すべて店内まで聞こえている。

その時、動きがあった。

丹波刑事が、女性二人を連れて錦戸に近づいてきて、何やら話している。

それを見た犯人・岡本は立ち上がり、自分の額をガラス戸にガンガンと打ち付け始めた。

「岡本！　動物園の猿みたいに興奮するな！　こちらはお前の大学時代、テニスサークルで一緒だった大沢麗美（おおさわれみ）さん。それと、この店でお前が始終難癖をつけていた『鬼龍院』さんだ」

錦戸がトラメガを持って叫んだ。

「そんなこと、見れば判る！　なんで今ごろ！」

岡本は吠えた。

その反応を受けて、鬼龍院さんではない方の、長身の美女はコンビニに背を向け、踵（きびす）を返そうとした。つまり、岡本に対する呼びかけをせずに帰ろうとしたのだ。

だが錦戸は長身の美女に何度もペコペコと頭を下げて、小声で何やら説得する様子だ。

長身の美女はひどく嫌そうな顔をしていたが、錦戸からトラメガを捧げるように渡されると、仕方なく受け取り、口を開いた。澄んだ、きれいな声だ。

「岡本君！　なんか、私の大学時代の言動が、あなたに影響を与えてしまったらしいって今、警察のヒトから聞いたんだけど……もしもそうなら、謝ります。若気の至りだったと思うけど、ごめんなさい」

　上品な手つきでトラメガを持つ大沢麗美と名乗る女性は、モデルのような美しさで髪もキチンとセットしてお化粧も入念で、三十路半ばの女盛りを上品なドレスに包んでいる。たぶん……テレビ映りを考慮したのだろう。

　その一方で、鬼龍院さんはコンビニの制服のまま、という地味ないで立ちだ。

「だから、岡本君……そんなバカな真似はしないで、早く出てきてください」

「イヤだね！　おれは、お前に人生を狂わされたんだ！　その報いを受けろ！」

　岡本は吠えた。

「報いを受けろって……どうすればいいの？」

　そう問い返されて、岡本はしばし黙り、やがて途切れ途切れに言い返した。

「だから、お前が、おれの悪口を言いまくって、サークルや学科や学部や大学全体に広めて、おれを四面楚歌にしたんだろ！」

「それは……岡本君が、女子の採点リストとか、勝手に想像した『イク時の声』とかを、ネットの掲示板に書いたりしたからでしょ！」

「お前は、冗談もわからないのかよ！」

「わかりません！　それに、そういうことは冗談にはなりません！」

大学時代の女王様を前にして、岡本はエキサイトしている。女王様も説得役として呼ばれたはずなのに、本気になって言い返している。

二人のやり取りは早くも罵り合いとなり、止まらなくなってしまった。

が……鋼太郎の目にはハッキリ見えた、錦戸が二人からそっと離れて、視界から消えていったのを。

と、同時に、鋼太郎のポケットにあるスマホが振動した。

これは……錦戸が連絡してきたのだ。一連の動きは、彼の作戦なのだろう。

鋼太郎はトラメガを手に夢中で怒鳴っている犯人に声をかけた。

「お取り込み中、済みません！」

「なんだ！」

「また腹が痛くなって、トイレに……」

「ちっ！　面倒なやつだな。じゃあ、新山さん、手のアレをゆるめてやって……」

岡本は忌々(いまいま)しそうに言って、大沢麗美との因縁の対決に戻った。

「冗談もわからねえ女なんて、マジ生きてる価値ねえからな！　お前は美人で、態度がデカいだけで、勉強出来なかったもんな！」

「専攻が違うくせに、知ったふうなこと言わないでくれる？　私、フランス文学科を出てソルボンヌに留学して、今は母校で准教授してるし！」

「留学なんて、カネがあれば出来るだろ！　准教授だってどうせコネだろ！」

そんなやりとりを聞きながら新山さんに手の縛めをゆるめてもらった鋼太郎は、トイレに這いずっていき、個室に入ると自分から錦戸にかけ直した。

「何の用だ？　どうせあんた、何か企んでいるんだろう」

「はい。重大な任務をあなたに与えます。犯人が持っているガソリン携行ボトル。それをすり替えて無力化してください」

「はぁ？　すり替える？　なにと？　それにどうやって!?」

「トイレを出て右側の洗面台の脇を見てください。床すれすれに小さな引き戸があるはずです。そのすぐ外に今、私が居ます。引き戸を通してダミーの携行ボトルをあなたに渡します。中身はガソリンの代わりの、不燃性の液体です。それと犯人が持ってきた携行ボトルとをすり替えてください。お聞きになっていてわかるとおり、今、犯人は大学時代に恨みを抱いた女性と激しくやり合っています。夢中で言い負かそうとしていますが、大沢という女性も相当なものです。学生時代に女王様と言われた迫力と性格の悪さでタメを張っています」

「そのスキに、ってことか」

「お願いします。ガソリン放火爆発の脅威さえ取り除ければ、我々も動けるのです。特殊部隊を投入して、一気に岡本の身柄確保を……」

「待てよ！　そんな危険な任務をおれにやれって言うのか？」

「はい」

錦戸はキッパリと言った。

「そして解決に向けて、一気に動きます」

そう言われて鋼太郎は考えた。犯人・岡本は、真っ赤な携行ボトルをこれ見よがしにレジカウンターに置いている。それをそっとすり替えてやれば……。

「やってみる。やってみるしかないだろう……」

トイレの水を流して外の洗面所に出ると、たしかに洗面台の下に小さな引き戸があった。

鋼太郎が開けると、錦戸が待ち構えていて、「犯人が持参したボトルは、これと同じものですよね？」と真っ赤なアルミの「ガソリン携行ボトル」を差し入れてきた。

見たところ、外見は全く同じだ。

「中味は、ガソリンの臭いを模した薬剤を入れた不燃性の液体です。発火はしません」

「これを、すり替えるのか……失敗したら？」

「失敗したら、それはすべてあなたの責任です」

「おい！　あんた、警部殿は、人質である民間人のおれに、事件の責任をすべてなすりつけようってのか！」

「はい」

錦戸は言い切った。

「でも、鋼太郎さんに自信がない、意気地がない、度胸がないというのなら、無理にとは申しません。今まで警察に対して常にエラそうに、腰抜けだの腑抜けだのと言いたい放題だった榊鋼太郎さんが、イザという時に自らヘタレに成り下がるとは夢にも思いませんが……それでも無理に、とは言いません。その代わり、これ以後、あなたとのお付き合いの仕方を考え直させていただきます」

これは脅迫なのか？　それともイヤミを言って鋼太郎の反骨精神を刺激して奮い立たせようというのか、よくわからないことを錦戸は言い立てた。

「そこまで言われちゃあなあ……ボロクソだもんなあ……じゃ、止めとくわ」

「なんと！」

錦戸は驚きの声を上げた。

「すり替えが成功したら、一気に事件は終わるのに。嗚呼。たった一人の根性無しのせいで、膠着状態が続いてしまうのか……」

「じゃあ、あんたがやれよ」

鋼太郎はムカついて言った。

「おれが子供の頃、日本初のハイジャック事件があってな、当時の政治家が人質の身代わりになって北朝鮮まで飛んだんだ。その故事来歴にならって、おれや新山里美さんの代わりにアンタが人質になって、あとは犯人と二人、好きなだけもめればいいだろ！」

鋼太郎は完全にヘソを曲げてしまった。

「残念です。榊鋼太郎の男気を見込んだのになあ……」

錦戸は心からガッカリしたような声を出した。

「ダメですか……実はね、現場の指揮を取る捜査一課長の山際昌三さん、ことヤマさんが、強行突入をするって言い出してましてね。事態の一刻も早い収拾を最優先にするって。その場合、あなた方の命の保証は出来ませんからね」

「おいおい、まさか日本の警察がそんな乱暴なこと、しないだろ」

鋼太郎は、錦戸のブラフだと思って笑った。しかし、それに対する錦戸の反応は、ない。

黙っている錦戸に、鋼太郎は不安になってきた。

「おい」

「はい」

「今の話、本当か？」

それにも返事がない。あまりにも重要な決断だけに、錦戸もハッキリとは返答したくないのか？　鋼太郎の気持ちは揺らいだ。

「いや、おれはもうトシだし、いつ死んでもいいようなものだが……まだ若い新山さんが巻き添えを食って、命を落とすのは耐えられない」

「……でしょう？」

いそいそと答えた錦戸の反応に引っかかるものはあるが、鋼太郎は、かなり無謀な「すり替え作戦」を実行すると約束させられてしまった。

しかし……岡本に怪しまれないためにはトイレから出て、また両手を縛ってもらわねばならない。いや……今は大沢という女性とのやり合いに夢中だから、新山さんに任せてしまうかもしれない。

鋼太郎は錦戸から受けとったスリ替え用のボトルをズボンの背中に挟んでレジカウンターに這って戻り、「用を足しました」と申告した。

「新山さん、こいつをまた縛って。おれはアイツらクソ女どもを論破する！」

岡本は、女王様との対決に夢中だが、大沢側には鬼龍院さんも加勢していて、二対一で、今や岡本が完全に劣勢になっている。よく見ると鬼龍院さんは女王様と、顔立ちからスタイルから声の質からウリ二つと言っていいほどそっくりだ。なるほど、犯人・岡本は大学の時の恨みを晴らすようなつもりで彼女に粘着していたのか、と鋼太郎にも合点がいった。

鬼龍院さんの声が聞こえてくる。

「だいたい、女を下にみるってのが、男としてクズなんじゃないんですか？」

……コンビニのお客さんだから今まで言いたくても言えなかったけど、と鬼龍院さんは声を張り上げて岡本を非難した。

「私が女だから、コンビニの店員で逆らえないから、あなた、いつもいつも、私に言いたい放題言ってたんでしょう？　でも、店長が出てくるとすぐに大人しくなって。なんなんですか？　そんなだから何をやってもダメなんですよ！　自分の人生が詰んだこと、女性のせいにしないでくれますか？」

そうよ、と女王様・大沢麗美も加勢する。

「だからアンタ、モテないいんだってわからないの？　アンタのは全部、身から出た錆！　誰も悪くない。アンタだけが悪いの！」

「うるせえ！　おれが不幸なのは、世の中が悪いせいだよ！　非正規雇用が悪いんだ！」

「非正規にも問題はあるけど、アンタの場合、アンタが悪いんだからね！　非正規とかアルバイトのせいじゃないからね！」

「うるせー！」

激しくやり合っている隙を突いて、鋼太郎は背中から取り出したダミーのボトルを、カウンターの上の、岡本が持ってきたガソリンボトルにすり替えようとした。

スピルバーグの映画で、ハリソン・フォードがお宝と砂の入った袋を瞬時に入れ替えようとしたときのように、鋼太郎は手の縛めを外して、指を擦り合わせてウォーミング・アップをして、右手で岡本のボトルを、左手で錦戸のボトルを持って……。

ところがその時。

「おい。ちょっと待て！」

気配を察知したのか、岡本が、鋼太郎を見て言った。

「その、今、手に持っているものを見せろ。バンザイして見せろ」

困った。バンザイするとボトルが二つあることがバレる。かと言って手を離すと、アルミの携行ボトルの片方が床に落ちる音がして、やっぱりバレてしまう。

万事休す。

鋼太郎は溜息をついて、言われるままにバンザイをした。

彼の両手には、同じ、真っ赤なアルミのガソリン携行ボトルがあった。

「なんだそれは？」

岡本はコンビニの入口から離れ、牛刀を構えたまま、鋼太郎に詰め寄った。

「おっさん、ボトルをすり替えようとしてるな？」

「い、いや……そういうことではなくて」

そう言った鋼太郎は、自分でも何がなんだかわからなくなり、咄嗟に左右のボトルを何度も入れ替え、持ち替えた。

「さあ、どっちだ？」

決死の、最後の手だった。

「てめぇ、ナメてんのか！」

岡本は両方のボトルを鋼太郎からもぎ取ると、まず右のボトルを開けて、中味をドバドバと床にぶちまけ、次いで、左のボトルの中味も床にぶちまけた。

「もう終わりだ。両方ぶちまけたぞ！　火をつけてやる！」

岡本はリュックからチャッカマンを取り出した。カチカチとレバーを引いて長いノズルから焔を出すと、床の油溜まりに近づける。

「やめろ！　やめてくれ！」

ガソリン臭が立ちこめ、鋼太郎は恐怖に絶叫した。ぼわっと言う爆発音、たちまち火が燃え広がり紅蓮の炎に包まれて、断末魔となる自分の姿が脳裡に浮かんだ。

ところが……。

何も起こらない。ガソリンなら一瞬で爆発的に燃え上がるはずなのに、ローソクサイズの炎すら上がらない。

「え？　え？」

どういうことだ、と岡本は焦り何度も着火を試みた。しかし、油は発火しない。

そこに、コンビニのガラス扉をこじ開けて、錦戸が店内に飛び込んできた。

「岡本高志！　住居不法侵入ならびに監禁、脅迫、放火未遂等、モロモロの現行犯で逮捕する！」

錦戸は岡本に飛びかかり、二人は油溜まりに倒れ込んでもみ合いになった。

しかし……二人は油でツルツルになった床に足を取られ、まともに立っていることもできない。見事に滑ってもろともにひっくり返った。そこからは互いに相手に馬乗りになり、なんとか押さえ込もうとするが、床が滑るのですぐにはね返されてしまう。

マウントを取ろうとするもみ合いが始まってしまった。

「こういうの……どこかで見たことあるぞ！」

鋼太郎はこの予想外の展開に驚くとともに強烈な既視感に襲われた。

「そうだ！　歌舞伎の『女殺油地獄』だ！」

錦戸と岡本はともに全身油まみれになり、依然として油でヌルヌルの床に足を滑らせてはすっ転び、立ち上がろうとしては相手に引っ張られて倒れ、文字通り、組んずほぐれつの死闘を続けている。

「榊さん！　何を見てるんですか！　加勢してください！」

錦戸にそう言われたが、何をどう助けていいのか判らず、手をこまねいているうちに、コンビニの外をコンバットスーツを着た人影が包囲するのが見えた。

うち一人がガラス扉の隙間から何かを投げ込んだ。

次の瞬間、目も眩むような閃光に店内は真っ白になり、同時に耳をつんざくような大音響に鋼太郎は腰を抜かした。

視界が完全に奪われ、耳も聞こえなくなった。次いで息がつまり、呼吸ができなくなった。ガスのようなものが激しく眼球を刺激し、涙がとまらなくなった。

警視庁警備部の特殊部隊(SAT)が店を取り囲み、ドアの隙間から音響閃光弾と催涙弾を投げ込んだのだとは、鋼太郎の知る由(よし)もない。

「うわ！」

店内にいた全員がごほごほと咳き込んで無力化された。もちろん、ＳＡＴの面々はガスマスクをしているからノーダメージだ。

「被疑者の身柄確保にかかれ！」

隊長の号令で、錦戸までが岡本と一緒に取り押さえられてしまった。

「何をする！　私は墨井署生活安全課課長の錦戸警部だ！　被疑者ではない！」

錦戸は叫ぶが油にまみれてドロドロの状態で、犯人と見分けがつかない。錦戸は岡本もろとも特殊部隊の隊員に身柄を押さえられ、店外に引きずり出されてしまった。

「大丈夫ですか？　お怪我はありませんか？」

鋼太郎と新山さんには終始丁重な態度で救出してくれた特殊部隊であった……。

＊

「被疑者の岡本高志は、コンビニに立て籠もったのはいいけれど、すぐに疲れてしまって、いつ終わりにしようか探っていたらしいです」

一件落着して、錦戸と鋼太郎は「クスノキ」で私的お疲れ会を開いていた。例によって飲み代はワリカンだ。

「でね……バカな話なんですが、岡本高志が持ち込んだガソリン携行ボトルの中味。これがですね」

錦戸は鋼太郎のグラスにビールを注ぎながら言った。

「灯油かなんかだったんだろ？　灯油は芯がないと着火しないからな」

「それは、揮発性の高くない油は全部そうですね。灯油はジェットェ燃料のケロシンの仲間ですが、そのまんまじゃ燃えませんし」

「で？　何が入ってたんだよ？」

それがですね、と錦戸は肩を上下させ笑いをこらえた。

「……天ぷら油でした」

「は？」

鋼太郎は奇声を上げた。

「天ぷら油？　なんだそれは？」

「ほら、よく、火にかけた天ぷら鍋が引火して一家全焼、みたいなニュースがあるじゃないですか。だから岡本高志は簡単に火が点くと思ったんでしょう。でも、当然のこととして、天ぷら油は、常温ではガソリンみたいに発火しませんよね。発火点がガソリンと同じだったら危なくて、とても料理になんか使えません」

だったら、と鋼太郎は首をかしげた。

「素直にガソリンを買えば済んだ話じゃないの？」

「今はそう簡単に、ああいう容器にガソリンを売ってくれないんです。令和三年に、危険物の規制に関する規則の一部を改正する省令が公布されて、本人確認、使用目的の確認、及び販売記録の作成を行うことになったので……それで足が付くことを岡本は嫌ったのでしょう」

「まあ、それで私らも助かったわけだけど……最後、アイツ、ヤケになって油をぶち撒いて、火をつけようとしたわけだろ？」

「あれも……どこまで本気だったのか……」

「あんなヘタレでよかったじゃないか。妙に本気で戦闘的なヤツだったら、新山さんは刺されて、警部殿も私も今頃はあの世。説得に来た『大学の女王様』だって、タダじゃ済まなかったかもしれないんだから」

「まあ、そうですね」

「おれだってそうだ。アイツの最終兵器だったガソリン携行ボトルをすり替えようとしたところで見つかったんだから。アイツがガチの殺人鬼だったら、おれは丸焼きになる前に、牛刀で首を切られて死んでたぞ！」

「そうですねえ……すり替えなんて無茶をするから……」

「やれと言ったのはアンタじゃないか！」

鋼太郎は錦戸を指差した。

「人を指差すのは止めてください。下品です」

錦戸は鋼太郎の指を摑んで降ろさせた。

「でもまあ、アレがキッカケになって事件が解決したんです。私も頑張ったけど、榊さんも頑張った。ね？　それでいいじゃないですか！」

「ま、まあなあ……」

「榊鋼太郎さんの、勇気に乾杯！」

錦戸と鋼太郎はグラスを合わせた。

「しかしまあ、褒められたから言うんじゃないけど、店に飛び込んできて犯人のアイツと格闘したアンタはカッコよかったぜ！」

モロに「褒め言葉のご返杯」モードで、鋼太郎も錦戸をおだてた。

そんな鋼太郎に褒められて、錦戸はストレートに「それはどうも」と照れた。

「あの日のニュースは、アンタが主役だったもんな」

「いやいや……」

「立て籠もり犯を完膚なきまでにディスった？　セオリー無視の型破り刑事！　ってな」

鋼太郎は皮肉を交えているのだが、錦戸はそれに気づく様子もなく「いやいや」とうれしそうに顔をほころばせている。

が、その表情が急に引き締まった。

「しかしですね、あの時、私も口が滑ったというか言いすぎたというか、どうやら調子に乗り過ぎてしまったようで、私、本庁の懲罰にかかることになってしまいました。危険な行為に及ぶ可能性のある被疑者に対し、敢えて挑発に及んだ言動の可否を問うと」

「結果的に大成功でも？　警部殿の英雄的行為で犯人は捕まえられたのに？」

「警察も役所ですから……穏便に済ませられればそれが一番と考えるんですよ。ドンパチ刑事が活躍するドラマが一世を風靡（ふうび）した時代とは違うようです」

「あの頃は、多少羽目を外しても許されたのか？」

「そりゃあねえ、被疑者を眠らせずに自供に追い込んだり、道場に連れて行って何度も投げ飛ばしたり、相当無茶なことも通用してた時代ですからね。どっちがいいのかと言われれば……今の方がいいと思いますよ」

その時、小牧ちゃんと女子高生トリオが、花束を持ってしずしずとやって来た。

「このたびは、おめでとうございます。事件解決、お見事でした！」

　そう言って四人の乙女は錦戸に花束を贈呈した。

「今回は物凄い御手柄でしたよね。テレビで見てました！」

　小牧ちゃんまでがいつもと違って、錦戸を、まるで白馬に乗った貴公子でもあるかのように賛嘆の眼差しで眺め、うっとりしている。

　女子高生トリオも全員が瞳をキラキラさせている。

「うちらも、ネットでライブの中継を見ました。犯人の、あのバカに、ガツンと言ってやった錦戸っち、めっちゃカッコよかったです！」

「いやいや」

　手と首を横に振って照れる錦戸に、純子が訊いた。

「それで聞いた話なんだけど錦戸っち、この手柄を手土産にして警察庁に戻るって……ホントですか？」

「いえ、それはありません」

「それはない」

　錦戸と鋼太郎が同時に言った。

「何よ。警部殿が言うのはまだしも、どうしてセンセが否定するのよ！」

ムッとした様子の小牧ちゃんが鋼太郎に突っかかった。

「いや、ちょうど今、その話をしてたところで……あれは御手柄にならずに懲罰の対象になってしまったんだそうで……」

女性陣に説明した鋼太郎は、錦戸に訊いた。

「で、最悪どうなる？　どこかに島流しになるのか？」

「そうですね。最悪、八丈島にでも」

「俊寛か」

「それは鬼界ヶ島」

「この墨井区だって、けっこう島流しっぽいけど」

小牧ちゃんが割って入り、鋼太郎も言った。

「ま、派手にテレビが全局中継しちゃったようだし、こうなった以上は、警視総監がどう判断するか、だね」

まるで生殺与奪（せいさつよだつ）の権を握っているかのような口調の鋼太郎。

「案外活躍が評価されて、警部から警視に昇格したりして」

「そうしたら墨井署で、もっとエラくなるのかも」

「いやいや、そうなったら警察庁に戻るんじゃないの？」

「そもそも、警視から警部に降格されて墨井署に来たんだよね？」

「警視なら、墨井署長じゃん」

「こらこら」

他人事だと思ってかまびすしい一同を、錦戸はなだめた。

「公務員もラクじゃないんですよ。昔から言うでしょう？　すさまじきものは宮仕えって」

「おっと、それを言うなら『すまじきものは』だ」

カウンターの向こうから口を出した大将が訂正した。

わいわいと盛りあがっているところに、錦戸のスマホが鳴った。

スマホの画面には発信者「墨井署長」が表示されている。

「来ました」

「ついに死刑執行か？」

鋼太郎がチャチャを入れる中、錦戸は緊張の面持ちで通話に出た。

「はい。錦戸です……」

署長からの声に、錦戸は立ち上がって直立不動になった。

この作品は徳間文庫のために書下されました。
なお本作品はフィクションであり実在の個人・団体などとは一切関係がありません。

徳間文庫

降格警視

2021年10月15日 初刷

著者 安達瑶

発行者 小宮英行

発行所 株式会社徳間書店

東京都品川区上大崎三-一-一 〒141-8202
目黒セントラルスクエア

電話 編集〇三(五四〇三)四三四九
販売〇四九(二九三)五五二一

振替 〇〇一四〇-〇-四四三九二

印刷 大日本印刷株式会社
製本

ISBN978-4-19-894678-4 (乱丁、落丁本はお取りかえいたします)